萬葉のえにし

廣岡義隆

はなわ新書
086

はじめに

一五年ほど前に『萬葉のこみち』を塙書房様から刊行して戴きました。本書はその続篇になります。

松の花をご存じですか。人も気付かぬ松の花に我が身をなぞらえた慕情の歌（3「松の花」一五頁）、態度が決まらぬ男に断を下す女の歌（16「妻と言はじとかも」五七頁）、志貴皇子の歌を念頭に作歌した防人歌（20「洗練された防人歌」七三頁）、朝露の一つ一つが月を宿している一瞬の景をスケッチした萬葉版の美の存在と発見（33「宝玉溢れる庭」一一八頁）、現地の人々の声に耳を傾けた高橋虫麻呂（39「民衆歌人、虫麻呂」一四〇頁）。

右のような何気ない表現が『萬葉集』の中には、さりげなく存在しています。そうした隠れたことばの宝玉を拾い上げた小文集です。

『萬葉のこみち』同様に月刊の短歌誌『金雀枝《えにしだ》』に連載した小稿をまとめたものですから、それぞれが独立しています。どこから読みはじめていただいてもよいものであり、読み切りの四三の小話から成っています。

一冊にまとめるに際して、各話の末尾に「今後へのステップ」を加筆しました。気楽に読み流したい人は、このメモを読み飛ばしていただければよく、関連してより深く知りたい人や、研究途上の人には、「今後へのステップ」が参考になることでしょう。

名古屋の茅屋にて

目　次

Ⅰ 花模様

1　君に似る草

人の顔をほうふつとさせる花に山吹《やまぶき》があります。

故郷《ふるさと》の面《おも》かげ草《くさ》の夕《ゆふ》ばえやとめしかがみの余波《なごり》ならまし　（『蔵玉集』「春」三二）

昔、男女あかずして別れ侍りける時、鏡に面影を互にうつして、此鏡をうづみ畢《を》はんぬ、其《その》所より山吹生出《おひい》でける云云、巨細、忘衣の物語にあり。

右は、室町期頃の『蔵玉集』(1)という草木や鳥の異名を列挙した歌集に載る歌で、歌の前に山吹の異名《いみょう》（別の呼称）として「面影草《おもかげぐさ》」とあり、詞が歌の左に記されています。その詞の左には小字で異伝の物語注記(2)（別の物語展開）が記されています。続いて山吹の異名「鏡草」が記され、

面《おも》かげをたがひにとめしかがみ草忘衣《わすれごろも》の名残《なごり》うらめし　（『蔵玉集』「春」三三）

の歌もあります。ここまでは、「山吹」の序として出しました。

本題の『萬葉集』に入ります。

次のようなアサヂを詠む歌があります。

君《きみ》に似《にる》草と見《み》しより我標《わがしめ》し野山《のやま》の浅茅人《あさぢひと》な苅《かり》そね　（7・一三四七、作者未詳）

歌意は、「あなたにそっくりな草だと見て以来、私が目じるしをした野山のアサヂをお願いだからほかの人は刈らないで頂戴」という一首です。歌に「君《きみ》」とあり女歌であることがわかり、「私の男性（いい人）に手を出さないでください」というのがこの歌の主意になります。

諸注釈書は、この一首とまじめに付き合っていますが、諸先生方は真面目すぎると言うべきか、植物を知らないと言うべきか、困ってしまいます。「浅茅」はイネ科のチガヤで、雑草中の雑草であり、根は蔓延し、根絶するのに大変です。この歌でも「刈る」対象としてあります。一茎の草であれば人に譬えても良いのですが、歌にも「野山《のやま》の浅茅《あさぢ》」とあり、比喩に適してはいません。刈り払うのが大変な草であり、他の女性たちからは「どうぞどうぞ、お好きに」ということになってしまいます。もうご理解頂けたことでしょう。この一首は、生真面目で真剣な歌ではなくて、笑いの対象としてある歌です。宴席であれば、拍手喝采で大受けのする歌になります。

さて、妻に依頼され、大伴家持《やかもち》が都にいる家持の妹《いもうと》に贈るために代作した天平勝宝二年（七五〇）四月の歌があります。代作ということは四一九七〜四一九八番歌の左注(3)に記されています。この時家持は越中守として、今の富山県高岡市にいました。最初は単身赴任でしたが、前年冬に大帳使として上京し任地への下向時に妻を伴っておりました。

妹《いも》に似《にる》草と見《み》しより吾標《わがしめ》し野邊《のべ》の山吹《やまぶき》誰《たれ》か手《た》をりし

（19・四一九七、大伴家持）

一重の山吹（廣岡旧宅にて）1980.4.30.

家持の妻が歌を作ることができなかったことはよく知られています。この歌は前頁のアサヂを詠んだ一首を改作した歌と知れますが、「野辺」「山吹」と変えていて、みごとな作品になっています。「妹《いも》」の語は、女性への呼称としての「あなた」の意と共に、イモウトの意をも含ませていて、絶妙です。野山に自生の山吹は一重咲きです。

（千華万葉二〇五、二〇一五年四月）

〈今後へのステップ〉

（1）『蔵玉集』（252）は「草木や月の異名（別名）を掲げた異名和歌集」（赤瀬信吾氏「解題」）で、『新編国歌大観』第五巻（角川書店、一九八七年四月）による（「解題」も同書）。

（2）『蔵玉集』に録される「異伝の物語注記」は左の通り。「互の志不浅」を「たがひのこころざし浅からず」など、原文表記を変えて引用する。原文表記は『新編国歌大観』第五巻八七一頁、参照。

昔、大和国奈良原と云ふ所にある男、山城国井手の里にすむ女にかよひけり、たがひのこころざし浅からず、しかるにたがひの親しかりて初めてかの男女云ひけるは、こころざし深く切なけれども、今より合ふことかなふべからずと云ひて、鏡をとり出でてたがひに面影をうつして、まがきの下にうづむ、後の年の春、ここより款冬（ふふき、今のフキ）生ひ出でたり、男あはれに思ひてたえずここに独すみて歎きける、親このことを聞きて、鏡をほり出でてとぎて又うづむ、その年の秋、又ここより槿華（あさがほ、今のムクゲ。『蔵玉集』八三・八四）生ひ出でたり、その時、この男、さては他の心ありとて忘れけりと云云　＊（　）内は、廣岡による注記。

（3）左注には、「右は留女の女郎に贈らむが為に、家婦に誂《あとら》へらえて作れる。女郎は即ち大伴家持の妹そ」とある。「留女の女郎」は都で留守をしている「女郎」であり、家持の妹とある。「家婦」は妻大伴坂上大嬢を言う。「誂《あとら》へらえて」は依頼されての意で、代作を言う。

2　藤浪の

「藤浪」とはどういうものでしょうか。「藤の花。花房が風に靡くさまを浪に見立てたもの。また、花に限らず藤をもいった(1)」というのが一般的な理解です。

藤浪《ふぢなみ》の花《はな》は盛《さかり》に成《なり》にけり平城《なら》の京《みやこ》を御念《おもほす》や君《きみ》　（3・三三〇、大伴四綱）

右の歌以外に四例も「藤浪の花」という言い方があり、藤自体をいう場合があります。

その花房に眼が向いた描写が『伊勢物語』にあります。

なさけある人にてかめに花をさせり。その花のなかにあやしきふちの花ありけり。花のしなひ三尺六寸はかりなむありける。　（『伊勢物語』一〇一段）

施肥により、一メートルを越す場合があったようです。しかし一般的には山藤を言います。

霍公鳥《ほととぎす》来《き》鳴　動《なきとよもす》岡邊《をかべ》なる藤浪《ふぢなみ》見《み》には君《きみ》は不来《こじ》とや　（10・一九九一、作者未詳）

山藤がからみついた樹の枝ごとに花房を垂らす遠景は浪に見えます。即ち藤浪とは山藤が咲き満ちる描写で、樹の枝が風に揺れる様を浪と見立てての呼称であると見られます。

「藤浪」の語を枕詞にした「藤浪の」という例が見られます。

…（上略）…藤浪の　思纏《おもひまつはり》　若草《わかくさ》の　思《おも》つきにし　君《きみ》…（下略）…　（13・三二四八、作者未詳）

長歌の一節です。この藤浪は藤そのものを言い、蔓が纏わり付くことから、「纏はり」に冠し、「私の思いが君に纏わり」の意になり、下の「若草《わかくさ》の　思《おもひ》つきにし」も同様に「私の思いが若草が靡き付くように付き靡いた」の意で、「君」を修飾しています。もう一首あります。

如此《かくし》為てそ人《ひと》の死《しぬ》と云《いふ》藤浪の直一目《ただひとめ》のみ見《み》し人故《ひとゆゑ》に

（12・三〇七五、作者未詳）

枕詞「藤浪の」は下の「直一目のみ見」るに冠しています。意味は「こういう次第で人は恋死するというのでしょう。たった一日だけ見初めた人故に」であり、よくわかる歌です。

直接表現「死ぬ」は言霊《ことだま》信仰の上から通常は使わず「消《き》ゆ」「失《う》す」などの間接表現によりましたが、恋歌においてはあえて強調する意味から「恋死」[2]が用いられました。一目惚れにより恋死するというのも意図的な大仰表現で、一首は「歌のための歌」になっています。

フジ（津市高野尾にて）2006.5.6.

よくわからないのが枕詞「藤浪の」であり、どういう脈絡で下の表現に掛かるのかがわかりません。諸注釈書が「かかり方、未詳」としています。高橋残夢の『石上枕詞例』(3)は藤浪が真っ直ぐなのでその下の「ただ」に冠するのだとし、福井久藏氏は「姿よくしなやかなる女子を藤花に喩へ、見しといふへ係けたるか(4)」としています。

山藤の実態から考えますと、その花房は樹木の葉影に隠れがちであり、まさに風の吹くままにチラリと一目見えるだけであって、すぐに葉影に隠れてしまいます。それを「直一目のみ見」えるという比喩にしたのが右の歌の表現であろうと考えられます。

(千華万葉一七一、二〇一二年六月)

〈今後へのステップ〉

(1)『時代別国語大辞典・上代編』(三省堂、一九六七年一二月)。

(2)村瀬憲夫氏に、「恋死」(『和歌山大学教育学部紀要』第二六集、一九七七年三月)がある。

(3)高橋残夢は江戸期の国学者(一七七五生―一八五一没)。『國學者傳記集成』の一二七一～一二七八頁に載る。『石上枕詞例』は次の註(4)の『枕詞の研究と釋義』の引用に拠り、その原文は「藤竝は直なるものなるが故に、只とはたらかせて、只一目といへり」である。

(4)福井久藏氏著・山岸徳平氏補訂『新訂増補枕詞の研究と釋義』(有精堂、一九六〇年二月)による。

3　松の花

『萬葉集』の巻第十七には、平群氏女郎《へぐりうぢのいらつめ》が大伴家持に贈った歌一二首がまとまって載せられています。家持は「折々の便で来たものであり、まとめて届いた一二首ではない」（右件十二首歌者、時々寄便使来贈。非在一度所送也。）（17・三九三一～四二左注）とメモしています。

恐らく越中赴任を前に、身辺整理をしていて出て来た歌々なのでしょう。そうした平群氏女郎の歌[1]の中に次の一首があります。

　まつのはな花《はな》かずにしもわがせこがおもへらなくにもとなさきつつ　（17・三九四二）

「松の花」は小さくて、棒状の新芽の先端に小さく赤い雌花が付きます。古代人の自然観察は、ホトトギスの托卵（39「民衆歌人、虫麻呂」参照）など、その知識に驚かされることが少なくありませんが、日常生活の中での観察を通して体得して行ったものと見られます。「松の花」にしても、注視しての観察によって、それが「花」であるという認識を獲得したものに違いありません。

「松の花、花数にしも（有らず）」……花の数にも入らないという表現には、花は華麗なものであるという認識と共に、しかし「松の花」も植物的には花であるという把握があります。そうして、その理解を自分の身の上に置き重ねています。相手の家持さんにとっては、私の存在は「松の花」同様であり、花（女）の数にも入ってはいないという嘆きがここにはあるのです。それでも私は花（女）として咲き続けている（恋の思いを抱き続けている）というのがこの一首であり、平群氏女郎の主張です。

中世の鴨長明は『方丈記』で、人間存在そのものを「うたかた」（泡）と観想しました。萬葉の平群氏女郎は、女人を花と見るならば、家持さんから見た自己存在は「松の花」そのものに他ならないと規定しているのですから、非凡の才と言えましょう。その思いにより断念するのではなくて、それでも私は花として咲き続けていると結句で嘆いています。

「もとな」とは、「何としようもなく」「どうしようもなく」という意味の副詞です。自分で自分をコントロールすることが出来ず、「もとな」と彼女は嘆いているのです。まさに恋の渦中に身を置いている女人にして言い得た表現であると言えましょう。

一方的に思われている家持にして見れば、彼女の存在がとても重たくて、逃げ出したい相手であったに違いありません。それでも、彼女の歌の技量は認めていて、自身の「歌日誌」（『萬葉集』巻第十七）に平群氏女郎の歌一二首を記し留めたのです。

（千華万葉一六九、二〇一二年四月）

〈今後へのステップ〉

（1）平群氏女郎の歌一二首の中には非凡な歌がある。そうした中の一首として、

鶯《うぐひす》のなく、らたに、うちはめてやけはしぬともきみをしまたむ　（17・三九四一、平群氏女郎）

という一首を取り上げる。平仮名で示した箇所は一字一音の萬葉仮名で書かれているが、文字を置き換えて示すと「鶯の鳴く闇谷にうち嵌めて焼けは死ぬとも君をし待たむ」となる。クラタニのクラは、「闇龗《クラオカミ》」「闇山祇《クラヤマツミ》」と『日本書紀』（神代）に見えるクラと同じく、谷の意であると理解するのが一般である。本居宣長は、『古事記』に出る「闇淤加美神《クラオカミノカミ》」について、「久良《クラ》は谷《タニ》のことなり」として、右の萬葉歌を引く（『古事記伝』）。これによるとクラタニは谷ということになる。一首の意味は「（我が身を）渓谷に投げ込んで、例え焼け死んだとしても、なおあなたの来訪をお待ちしましょう」となる。「焼け死ぬ」という表現が尋常ではない。土屋文明氏は「恐らく佛教画、地獄図などが考にあつての表現」（『私注』）と指摘する。そのようにでも考えないと理解し難い内容になるが、初句はなぜ鶯なのか、なお明確ではない。『古今和歌集』の「物名歌」（10・四二二、藤原敏行）に見られる「憂《う》く干《ひ》ず」と名告り鳴く鳥という観念を平群氏女郎は既に重ねて見ていたからであろうか。

4　咲くとはなしに

平群氏女郎の「3松の花」で、恋の思いを抱くことを「咲く」と表現している一首を見ました（「もとなさきつつ」）。次にあげる歌は『萬葉集』巻第十の一首です。

うの花の開《さく》とは無《なし》に有人《あるひと》に戀《こひ》や将渡獨念《わたらむかたもひ》にして　（10・一九八九、作者未詳）

『萬葉集』巻第十は柿本人麻呂歌集を除いて、作者未詳の歌ばかりです。それは作者名がわからなかったのではなくて、編集時に作者名を削除してしまった結果、このような作者未詳の歌々になっているのであろうと考えられます。その作者層は、天平期の「知識人、貴族、中、下級官人と広く厚く層を成している人々の群(1)」と、その周辺の人々と考えられます。「恋や渡らむ」とは「恋渡らむや」ということです。「渡る」とは継続する様をいう語ですから、「恋い続けることであろうか」という嘆きの表現になります。

右の歌は片思いの歌です。「片思い」という語は「加多於毛比《かたおもひ》」（18・四〇八一、大伴坂上郎女）という仮名書きの例を含め、全一一例あります。その中には、

> 伊勢《いせ》の白水郎《あま》の朝な夕なに潜《かづく》と云《いふ》鰒《あはび》の貝《かひ》の獨念《かたもひ》にして　（11・二七九八、作者未詳）

の「鰒の貝の独念」という知られた表現まであります。また、ほぼ同意の「加多孤悲《かたこひ》」（17・三九二九、大伴坂上郎女）、「片戀《かたこひ》」（2・一一七、舎人皇子）という例が九例あります。冒頭の歌はそういう片思いの歌であり、

> うの花が折から咲いているが、その「咲く」という語のように（「うの花の」は「咲く」の語を導き出す枕詞）、咲いているのか咲いていないのか、よく分らない人に、恋ひ続けていることか、一方的な片思い状態で。

という意味の一首です。この歌における「咲く」の語も、平群氏女郎の歌とほぼ同様に、今の場合は相手における恋情反応について「咲く」と表現しています。

冒頭歌の作者の性別について「男歌」（窪田空穂氏『評釋』）、「女歌」（佐佐木信綱氏『評釋』）、「男女いずれの心か不明」（伊藤博氏『釋注』）と判断が分かれますが、男の立場の歌でしょう。

ウノハナは、ひっそりと物影で咲いている花であり、決して派手な咲き方の花ではありません（写真、一二一頁）。この歌は、咲いているのか、いないのかわからない、そういう地味な女性に心ひかれている男の歌です。相手が控え目な女性ですから、男は声をかけにくいというのです。

片恋・片思は男性に限ったことではありませんが、自分の態度を明確にせず相手の心をじらすのは、実は歌の世界においては圧倒的に女性が多いのです。「開《さく》とは無《なし》に有《ある》」（恋心を明確にせず、咲いているのか咲いていないのか、よくわからない）というのは、相聞歌における女性のポーズであり、常套技法であるわけです。その結果、男性はより一層相手へのめりこんで行くことになるというのが、いつもの展開です。

この一首は、そういう恋のかけひきの微妙な有様が、まさに絶妙に描かれている一首であると申せましょう。

（千華万葉一七〇、二〇一二年五月）

〈今後へのステップ〉

（1）中川幸廣氏は巻第十一、十二両巻の作者層を「知識人、貴族、中、下級官人と広く厚く層を成している人々の群」とする。同氏「万葉集巻十一・十二試論―その作者の階層の検討を通して―」（日本大学『語文』第二二輯、一九六五年一〇月）、「万葉集巻十一・十二ノート」（『日本大学文理学部紀要』第一二号、一九七〇年一二月）、「巻十一作者未詳寄物陳思の歌」（『万葉集を学ぶ』第六集、一九七八年六月）。これら三篇は同氏『萬葉集の作品と基層』（桜楓社）に、「巻十一・十二の論」としてまとめられている。巻第十の作者未詳の歌々も同様に考えてよいだろう。

5　うの花月夜

歌に詠みこまれる特定の語を歌語[1]（歌ことば）と言います。よく知られた歌語に「たづ」「かはづ」が挙げられます。日常の言葉としては「つる」（鶴）「かへる」（蛙）と言い、歌に詠み込む時には「たづ」「かはづ」を用います。歌専用語が既に『萬葉集』において存在していたのです。枕詞も日常会話や散文では使用しませんので、歌語と言ってよいでしょう。

　五月山《さつきやま》うの花月夜《はなづくよ》霍公鳥《ほととぎす》雖聞《きけども》不飽《あかず》又鳴《またな》ぬかも　（10・一九五三、作者未詳）

この歌の上句には「五月山」「うの花月夜」「霍公鳥」と季節の景物が並べられています。「五月山」とはどこかに存在する山の名前というのではなく、五月の山という意味です。しかし単なる五月の山ではなくて、うの花が咲き躑躅花《つつじばな》が咲いて新緑溢れるという季節感に彩られた山を描いた語としてあり、それを一語として「五月山」と凝縮した語としてあり、歌語性の濃密な語と見てよいものです。

続く「うの花月夜」も同様です。「うの花」とは卯花《うのはな》で、「卯の花の匂ふ垣根」で知られる現代名ウツギです。これも「うの花月夜」で一語としてあります。ツクヨは「月そのもの」と「月の照っている夜」という二つの意味があります。今は後者です。白く咲くウノハナが月光に照らし出されて浮かび上がるように見える夜の景を凝縮して、「うの花月夜」と表現しています。この歌で歌語としてあると認定出来ます。

「霍公鳥」はホトトギスで、これは歌語とは限定できない鳥の名に過ぎませんが、萬葉歌人たちに愛好され恋歌に好んで歌われた鳥であり、歌語に近いまでに親しまれておりました。上三句にはそれらが単語をならべる形でポンポンポンと置かれています。置き並べることによって情景を描いているという、変わった描写法になっています。

ウノハナ（現代名、ウツギ）2003.5.10.

下句は、その霍公鳥を受けて展開されています。歌末のヌカモは願望の意味を表します。ヌは打消、カモは詠嘆の意で、「…ないことかなぁ」という意味から「…したいものだ」という願望の意味となり、「もう一度鳴いてほしいものだ」という意味になります。霍公鳥は夜を通して鳴く鳥です。私も深夜の鳴き声を何度か聞いたことがあります。月明の「うの花月夜」に、「五月山」（旧暦五月の季節感溢れる山）で、「霍公鳥」の声をもっと聞きたいものだという、何とも贅沢な歌となっています。季節感をこれほど豊かに描ききった上代人に敬意を表さずにはいられません。

（千華万葉一九五、二〇一四年六月）

〈今後へのステップ〉

（1）「歌語」とは歌学意識の反映に基づく修辞であり上代における言及は多くはない。講座・入門書・事典類にも言及がほとんどない。そうではあるが個別的に、例えば澤瀉久孝氏『注釋』においてツル（鶴）における「たづ」（1・七一番歌条）、カエル（蛙）における「かはづ」（3・三二四番歌条）、ウマ（馬）における「こま」（2・一三六番歌条）、「ふぢ」（藤）における「藤浪」（3・三三〇番歌条）などが指摘された。『時代別国語大辞典』上代編の「上代語概説」にはコンパクトなまとめがある。論考レベルでは、松田好夫氏「万葉集における季語の成立」、小島憲之氏の「暁露」の指摘、井手至氏の「花鳥歌の源流」「花鳥歌の展開」、芳賀紀雄氏の「萬葉集における花鳥の擬人化」「家持の雪月梅花を詠む歌」の指摘、佐藤武義氏の「春霞」等の指摘、山口佳紀氏「万葉語の歌語的性格」、扇畑忠雄氏「万葉における造語」、甲斐睦朗氏・石黒由香里氏「物の名・植物と動物の歌ことば」などが列挙出来る。詳しくは拙著『萬葉形成通論』（和泉書院、二〇二〇年二月）三四七頁に記した。

6　移ろふ色

「うつす」という語があります。物を移動させる意味です。物といっても小さい物だけではなくて、都の場合も「うつす」と言います。物だけではなく、人にも使います。これらは「移」の漢字を当てます（「都」の場合は「遷」の字）。文字や絵を「うつす」ことがあり、その場合は「写」の字で書きます（写本・写経は厳密性が求められました）。以上は他動詞です。

　対応する自動詞が「うつる」です。平安時代の漢和辞典『名義抄《みょうぎしょう》』には移・遷・転などの字にウツルの訓があります。ものの状態が変わることを言い、時の経過にも使用されます。

　この「うつる」という四段活用の動詞に、継続・反復を意味する助動詞「ふ」が接続して「うつら-ふ」となります。徐々に変化してゆく様を言います。この「うつらふ」という語形が存在していても良いのですが、確認出来るのは音変化して一語化した「うつろふ」という語形ばかりです。

　あまくものたゆたひくれば九月《ながつき》のもみちの山《やま》も宇都呂比にけり　（15・三七一六）

天平八年（七三六）に新羅国へ派遣された使者の歌で作者名は欠失しています。

　天雲《あまくも》のたゆたひ来《くれ》ば九月《ながつき》の黄葉《もみち》の山《やま》も移《うつろ》ひにけり

右は漢字を宛てて示しました。「たゆたふ」とはゆらゆらと揺れ動く様をいう語で、雲の場合は俄かに押し寄せて来る情況を言います。一首の意味は、「雲が押し寄せ九月の時雨が降って来ると、山の紅葉した葉も色あせて来たことだ」という意味です。「もみち」は『萬葉集』の通例により「黄葉」で示し（中国の表記に依拠）、訳は「紅葉」としました。この歌のように「うつろふ」とは単に移り行くというだけではなく、色褪せるという意味でよく使います。

　くれなゐは宇都呂布ものそつるはみのなれにしきぬになほしかめやも　（18・四一〇九）

　紅《くれなゐ》は移《うつろ》ふものそ橡《つるはみ》の馴《なれ》にし衣《きぬ》になほ及《しか》めやも

大伴家持が部下を諭した歌で、見た眼に美しい紅（美人）は色が変化するものである。着古したドングリ染め（褐色）の衣服（慣れ親しんだ妻）にやはり及ぶものでは無いという意味になります。第四句の「なる」の語は、衣服が柔らかくなるという衣服用語と、馴れ親しむという親交用語の重層的使用としてあります。紅染《べにぞ》めは、次に出す「はねず色」ほどに変色するものではありませんが、ここでは多分に比喩的に使用しています。

　不念《おもはじ》と曰《いひ》てしものを翼酢色《はねずいろ》の變《うつろ》ひ安《やす》き吾意《わがこころ》かも　（4・六五七、大伴坂上郎女）

つい恋心を抱いてしまう我が身を自嘲した歌で、それを「はねず色のように」と比喩しています。庭梅の花の色でピンク色を言います。松田修氏[1]が「ハネズで染めた色というのではなくハネズの花のような色という意味で、それは、うつろい易いので戀の心の變り易いのにたとえている」と指摘しています。

鴨頭草《つきくさ》に服《ころも》色取《いろどり》揩《すら》めども移變《うつろふ》色《いろ》と偁《いふ》が苦《くるし》さ　（7・一三三九、作者未詳）

ツキクサはツユクサです。花の色汁をもみ出して染めるのが揩染《すりぞめ》です。ツキクサも「うつろふ」の代表的な色として知られています。[2] ただし露草の青は容易に変色しません。上村六郎[3]氏は「他の一般の花の色素と違って大氣中で容易に褪色されない。…（中略）…水に濡せばすぐに流れ落ちる」と指摘します。布に定着しなくて水で流れてしまうので言います。

（千華万葉一九五、二〇一四年六月）

〈今後へのステップ〉

（1）松田修氏『増訂萬葉植物新考』（社会思想社、一九七〇年五月）。
（2）ツキクサによる「うつろふ」を詠んだ歌は一一七頁の（2）、参照。
（3）上村六郎氏・辰巳利文氏『萬葉染色考』（古今書院、一九三〇年九月）。

7　色を奪ふ

色というと七色を思い浮かべる人が多いことでしょうか。虹ですと、赤《セキ》橙《トウ》黄《オウ》緑《リョク》青《セイ》藍《ラン》紫《シ》と音読で憶えました。上代の冠位では、織、繡について紫、錦、青、黒と冠の色が規定されていました（大化三年、六四七）。服色を加えますと、紫、緋《あけ》、紺、緑となります。「あけ」とは「あか」（赤）の露出語形[1]（複合語を造らない語形）です。これが上代の色の全てではなく、例として出したものであり、文字通り色々あります。

そうした中で白の語はどうなのでしょうか。五色《ごしき》は中国の五行《ごぎょう》思想の木《モク》火《カ》土《ド》金《ゴン》水《スイ》に対応する色としてあり、青・朱《あけ》・黄・白・玄《くろ》が対応する色になり、「白」が含まれます。萬葉語としても「真之路《しろ》の鷹」があり、「之良《しら》浪」「白雲」「白鷺《さぎ》」「白露」「白浜」など例は少なくありません。白とは無色ではなくて、「白」としての色の存在が明確に認識されています。

ゆきのいろをうばひてさけるうめのはないまさかりなりみむひともがも　（5・八五〇）
雪《ゆき》の色《いろ》を奪《うばひ》て開《さけ》る梅《うめ》の花今盛《はないまさかり》なり見《み》む人《ひと》もがも　（大伴旅人）

大伴旅人の作と推定される一首です。梅は渡来の植物であり、萬葉当時、紅梅はまだ到来していません(2)。よって、梅の花と言えば『萬葉集』では白梅に限られます。

大伴旅人には、次のような梅の歌もあります。

　吾岳《わがをか》に盛《さかり》に開《さけ》る梅《うめ》の花遺《はなのこれ》る雪《ゆき》を乱《まがへ》つるかも　（8・一六四〇、大伴旅人）

明確に「まがふ」（二種の物の見分けが付かなくなる）と表現して、目前の小丘で折から咲いている梅花の白さと残雪の白さの類似を表現しています。

　わがそのにうめのはなちるひさかたのあめよりゆきのながれくるかも　（5・八二二）
　吾園《わがその》に梅《うめ》の花散《はなちる》ひさかたの天《あめ》より雪《ゆき》の流来《ながれくる》かも　（大伴旅人）

これは天平二年（七三〇）正月の「梅花宴」での大伴旅人の詠歌です。梅の花弁が風に舞う姿を飛雪に見立てて描いています。今でも、青空の下、遠くの雪雲が運んで来る雪の舞姿を風花《かざばな》と呼んだりします。そういう見立ての表現は、早く萬葉に見られるのです。

さて、最初に挙げた歌では、「雪の色を奪ひて開《さけ》る梅の花」と描いています。真っ白い梅の花と言うべきところを「雪の色を奪ひて」と表現したのは非凡です。「奪ふ」とは他のものを横取りすることを言います。

現在では、「白」は「黒」と共に色相の中には入れず、明度の中に位置付けています。しかし当時は、黒と共に同一概念の「色」として理解されており、「雪の色」としています。雪ほどピュアーホワイトな物は無くて、それを「梅は奪ふ」と言い切ったのです。

（千華万葉一九一、二〇一四年二月）

〈今後へのステップ〉

（1）「露出語」に対応する用語は「被覆語」で、有坂秀世氏による命名。有坂秀世氏は「國語にあらはれる一種の母音交替について」（『音聲の研究』第四輯、一九三一年一二月。同氏『國語音韻史の研究』三省堂、所収）の中で、「露出形」「被覆形」と呼ぶ。

（2）梅は渡来植物であるが、その種子・木片の考古学上の検出は弥生時代から確認出来る（有岡利幸氏『梅I』法政大学出版局、一九九九年一一月、五～一〇頁）。ただ、梅花を倭歌に詠む一一八首は萬葉第三期以降の歌に限られる。紅梅の到来時期は明確でないが、萬葉歌では確認できず、その初出は『続日本後紀』（八六九）の「殿前紅梅」（仁明天皇、承和十五年〈八四八〉正月壬午条）になる。文学作品では『後撰和歌集』の「紅梅の花を見て」（1・四四詞、躬恒など）が初めであり、散文作品では『蜻蛉日記』に「こうはいのつねのとしよりもいろこくめてたうにほひたり」（下、天延元年二月条）が早い。紅梅に関しては、中川正美氏「平安朝の美意識—白梅か紅梅か—」（梅花女子大学日本文学科編『梅の文化史』和泉書院、二〇〇一年三月）を参照した。

8　八重六倉

「八重六倉」とはいったい何なのでしょうか？　歌を原文で示すと次のようになります。

念人　将来跡知者　八重六倉　覆庭尒　珠布益乎　（11・二八二四、作者未詳）

玉敷有　家毛何将為　八重六倉　覆小屋毛　妹与居者　（11・二八二五、作者未詳）

「覆」とあってすぐにおわかりになる人と、判じ物そのもので見当の全くつかない人とがいらっしゃることでしょう。「重」字と「倉」字は横画が多くて、字の感じまでが似ていて、「八重六倉」は独特の雰囲気をもつ句になっています。これをカタカナで示すと、すぐにおわかりいただけます。そうです、ヤエムグラです。植物名はムグラ（葎）になります。

現代名はカナムグラ。核戦争によって地球上から一人残らず人が死滅した後に、地中の根から繁茂するのは葛《くず》に違いないと私は見ていますが、或いはムグラも茂ることでしょうか。そういう強靭な雑草です。歌に仮名を交えて示しますと次の通りです。

念人《おもふひと》将来《こむ》と知《しり》せば八重《やへ》むぐら覆《おほへ》る庭《には》に珠布《たましか》ましを

玉敷《たましけ》る家《いへ》も何将為《なにせむ》八重《やへ》むぐら覆《おほへ》る小屋《をや》も妹《いも》とし居《をれ》ば

八重とはムグラの重なり茂る形容としてあります。第一首は女歌で、「大好きな人が来るだろうとわかっていたら、ヤエムグラが覆う庭も掃除して宝玉を敷き詰めるのに（来るはずもないので荒れるままの庭です）」という意になります。これに返した男歌が第二首です。「宝玉を敷き詰めた家とて何になろうぞ。ヤエムグラが覆う小屋であっても、あなたと居れば（最高の御殿になります）」という返歌になります。ここに贈答対応の妙があり、巻第十一の編者はこの二首を「問答」という組歌にして示しています。

庭に玉を敷くとは、具体的には白い玉石を敷き詰めることを意味しますが、現代語訳では宝玉としました。この女歌に対して、男歌では葎は庭だけでなく小屋全体を覆い茂っていても良いとし、逢う瀬の方が大切だ、だから締め出さないでくれと懇願しています。「小屋」と表現したのは『古事記』に載る次の歌が念頭にあるからなのでしょう。

あしはらのしけしきをやにすがたたみいやさやしきてわがふたりねし（『古事記』一九番）

葦原《あしはら》の密《しけし》き小屋《をや》に菅畳《すがたたみ》いや清敷《さやしき》て我二人寝《わがふたりね》し

『古事記』では、神武天皇がイスケヨリヒメを狭井河《さゐがは》の上《ほとり》に妻問うた往時を回想しての歌として置かれてあります。

萬葉の八重むぐら問答は作者未詳の歌ですが、巧みな贈答歌になっています。

その後、天平勝宝四年（七五二）一一月に、前天皇（聖武）一行が橘諸兄邸(1)（京都府綴喜郡井手町の別邸、相楽別業）を訪ねた時の橘諸兄の歌に、

むぐらはふいやしき屋戸《やど》も大皇《おほきみ》の座《まさ》むと知《しら》ば玉《たま》しかましを　（19・四二七〇、橘諸兄）

とあって、冒頭の第一首を念頭にして歌が作られています。

（千華万葉二一〇、二〇一五年九月）

〈今後へのステップ〉

（1）　橘諸兄別邸（相楽別業）は、木津川の木津の地の北方約七キロ《メートル》の山の中になり「むぐらはふ」「小里」と呼ばれる地そのものになる。一連の歌は左記の通りである。

十一月八日のひに、左大臣橘朝臣宅に在《おはしま》して肆宴《とよのあかり》したまふ歌、四首《よつ》。

よそのみに見《みれ》ば有《あり》しを今日《けふ》見《みれ》ば年《とし》に不忘所念《わすれずおもほえ》むかも　（19・四二六九、聖武上皇）

……………右に掲出の一首……………　（19・四二七〇、橘　諸兄）

松影《まつかげ》の清濵邊《きよきはまべ》に玉敷《たましか》ば君《きみ》きまさむか清濵邊《きよきはまべ》に　（19・四二七一、藤原八束）

天地《あめつち》に足《たらは》し照《てり》て吾大皇《わがおほきみ》しき座《ませ》ばかも樂《たのし》き小里《をさと》　（19・四二七二、大伴家持）

Ⅱ　恋模様

9　はぢらひ

恥とはいったい何なのでしょうか。

『萬葉集』に倫理的な意味における恥の例が見られます。

山守《やまもり》の有《あり》ける知《しら》に其山《そのやま》に標結立《しめゆひたて》て結《ゆひ》の辱《はぢ》為《し》つ　（3・四〇一、大伴坂上郎女）

第二句の「知らに」は「知らないで」という意味です。[1] 番人が山を見張っているのも知らず、自分の山だと標識を立てようとして、大恥をかいたねと揶揄する歌ですが、比喩歌に分類されていて、この「山」は女性を意味しています。大伴駿河麻呂が娘に手を出そうとしたところ、その娘には番人（山守＝坂上郎女）がいたという比喩になります。[2]

全く別の歌ですが、「里人の見る目はづかし」[3]（18・四一〇八、大伴家持）ともあり、これも倫理的な用法における例です。

右のような例が多いのですが、男女間における根源的な恥らいという用法も見られます。

暮《よひ》に相《あひ》て朝面《あしたおも》羞《な》み隠野《なばりの》の芽子《はぎ》は散《ちり》にき黄葉早續《もみちはやつげ》　（8・一五三六、縁達師）

作者の縁達師はよくわからない人です。上句《かみのく》の「暮《よひ》に相《あひ》て朝面羞《あしたおもな》み」は「宵に出会い一夜を共にし朝方会わせる顔が無くて隠れたい」という意味で、「かくれる」を意味する「隠《なばり》」の語を導く序詞《じょことば》です（「序詞」はⅢの24～26をご覧ください）。ここに恥じいる女心が描かれています。隠れることを当時の語でナバルと言いました。その名詞形がナバリになります。地名名張《なばり》（三重県）の本来の意味・由来はわかりませんが、同音であるところから、上句の意味を地名に続けています。一首の眼目は下句《しものく》の「名張野の萩《はぎ》(4)の花は散ってしまった、だから樹々よ早く色付いてくれ」というもので、この一首自体は単なる季節のスケッチ詠です。

『伊勢物語』に「筒井筒」と通称される章段（第二三段）があります。

むかし、ゐなかわたらひしける人の子とも、井のもとにいて、あそひけるを、おとなになりにけれは、お《(を)》とこも女もはちかはしてありけれと、お《(を)》とこはこの女をこそえめとおもふ。女はこのお《(を)》とこをとおも

『萬葉集』では「芽」と書いたハギの花。憶良の「秋の七種《ななくさ》」の一。2011.11.12.

ひつ、、おやのあはすれともきかてなむありける。

右の「筒井筒」の段には、男と女の双方が「はぢかはして」と描かれています。「筒井筒」のこのテーマは、樋口一葉によって『たけくらべ』（明治二九年）の美登利と信如の話へと展開してゆきます。二人の恋心と恥らいがやはり貫流しています。

次の歌は、そうした男女の恥らいそのものを描いている一首です。

對面《あひみて》は面隠《おもかくさ》るるものからに継《つぎ》て見《み》まくの欲公《ほしききみ》かも　（11・二五五四、作者未詳）

「おも」とは顔という意味です。今でも「おもてを上げる」という言い方で残っています。顔を見せることはとても恥かしいという乙女心です。その一方で引き続いて会いたいと願う女心の吐露があります。

（千華万葉二〇〇、二〇一四年一一月）


〈今後へのステップ〉
（1）「知らに」の原文は「不知尓」。「に」は打消の助動詞「ず」の連用形であり、「不知」の二字で「しらに」と読むが、ここは重複して「尓《に》」も示されており所謂「捨て仮名」になる。このことについては、刊行予定の廣岡『萬葉風土歌枕考説』序章中で示している。

（2）掲出歌（3・四〇一）の題詞に「大伴坂上郎女、親族と宴せし日に吟《うた》へる歌、一首」とあり、一族が集った席での一首。その親族の中には大伴駿河麻呂も居り、当の駿河麻呂の歌が続いて載る。

山主《やまもり》は盖雖有吾妹子《けだしありともわぎもこ》が将結標《ゆひけむしめ》を人将解《ひととかめ》やも（3・四〇二、大伴駿河麻呂）

（3）大伴家持が越中国守として現在の富山県に赴任していた時の歌で、配下の史生（書記官）尾張少咋《をはりのをくひ》が現地の遊行女婦《うかれめ》（名は佐夫流《さぶる》）に血迷い、人目を憚らなかったのを諭した歌の中の句としてある。

（4）「萩」の字の国字のことや『萬葉集』では「芽」「芽子」と書くことについては一二〇頁（2）に記している。参照されたい。『萬葉集』中に詠まれている植物を「萬葉植物」と呼称するが、その「萬葉植物」は松田修氏『増訂萬葉植物新考』（社会思想社、一九七〇年五月）によると、草本類八二、木本類七五、竹笹類四、雑類九の一七〇種、森朝男氏「動植物索引」（『萬葉集事典』有精堂、一九七五年一〇月）によると一六二種一六〇二例になる。この中で最多がハギの一四五例（一四一首）、ついでウメの一三五例、マツの八八例、タチバナの八〇例ということになる。

10　なのりそ

ナノリソという植物（海藻）をご存じですか。現代名をホンダワラと言います。どこにでもある海藻であり、気泡で上を向いて立ち、波に揺られています。『日本書紀』に「奈能利《なのり》曽毛《そも》」（允恭天皇十一年三月丙午条）とあります。正倉院文書には「奈能僧《なのそ》」（『大日本古文書』５・三二六頁、16・一二八頁）の形で出ていて、早くも促音便のナノッソの形で親しまれていたようです。前後の文脈から食用にされていたことが判明します。今でも食用にしています。

ナノリソは『萬葉集』に一六例見られます。「な告《の》りそ」（お願いだから他人に私の名を告げないで）の意味を掛けて使用されるところから、ナノリソの語は多用されました。「な…そ」は、禁止というよりも柔らかい響きをもつ哀願の語法です。言魂《ことだま》(1)が信じられていた当時ですから、他人に名前が知られ、口外されることを極度に恐れ慎みました。そうした歌の中に、次の一首があります。

海《わた》の底奥《そこおき》つ玉藻《たまも》の名乗曽《なのりそ》の花《はな》　妹《いも》と吾《あれ》と此《ここ》にし有《あり》と莫語《なのりそ》の花《はな》（7・一二九〇、人麻呂歌集）

人麻呂作の歌であるのか、人麻呂が採収した歌であるのかは、判然としません。この歌は音数律が「五七七・五七七」の旋頭歌《せどうか》[2]という歌体です。ナノリソの花とありますが、「花」は咲きません。たくさんある気泡を「花」と見たものであろうと解釈されています。正倉院文書に出るナノリソ（「奈乃利曽」15・二五六頁、「奈乃理曽」16・二九二頁）ですから、都人に親しい海藻だったのです。

さて頭句《かみのく》は、海景としての描写です。沖の海底で藻場を作っているナノリソをまず描写して、他人に私の名を告げないでと哀願しています。名が他人に知られることを極度に恐れるのは女性ですから、頭句は女歌（女の立場で作った歌）と見られます。

尾句《しものく》は「彼女と私の二人が一緒に居るということをナノリソ（誰にも告げはしない）という花だよ」となります。「妹と吾」とありますから男歌（男の立場で作った歌）になります。現実に問答としてやりとりされた歌ではなくて、作者の男性が女の立場でまず頭句を作り、ついで男の立場で尾句を頭句に継いだ旋頭歌です。旋頭歌には、第三句を今一度第六句で繰り返す形での問答形式が多く、これもそうした一首になります。

頭句第三句の原文は「名乗曽花」、尾句第三句の原文は「莫語之花」と記されており、文字表現まで歌意を反映して、尾句は「語《かた》ること莫《な》し」（告げはしないよ）と逆転の妙を明示しています。文字そのものは、人麻呂その人の手によるものです。一首の作者自体も或いは柿本人麻呂であるのかも知れません。

（千華万葉一九〇、二〇一四年一月）

〈今後へのステップ〉

（1）言魂とは、口に出して話す語句に魂が籠っていて、当人のあずかり知らないところでも霊魂がはたらき、物事が実現すると発想し、それを信じる習俗をいう。「言《こと》」として発した音声が「事《こと》」として実現すると発想し、「言」と「事」は用字の上でも通用された面がある。良いことを口にして祈るのが「壽詞《よごと》」や「祝詞《のりと》」であり、悪いことを口にして祈るのが「呪《のろひ》」になる。呪いは処罰の対象になった（島田修三氏「呪いと鎮めの歌」古代文学講座6『人々のざわめき』勉誠社、一九九四年一二月）。

（2）旋頭歌《せどうか》は第三句で必ず切れる歌体であるので、第三句の下にスペースを取って歌を示した。旋頭歌とは、尾句《しものく》から頭句《かみのく》へとエンドレスに歌い継ぐ（旋らす）ことの出来る宴席用の歌体であり、そうしたところから「旋頭歌」の名がある。「佛足跡歌体」（五七五七七七）は後世の命名であるが、「旋頭歌」の名は『萬葉集』中に九例見られる。「旋頭歌」の「頭」は「頭句」の「頭」に由来し、「旋頭歌」の「旋」は「施」ではなく、「めぐらす」の意で「旋」が使用されている。廣岡義隆「旋頭歌」（『和歌文学大辞典』古典ライブラリー、二〇一四年一二月）がある。

11　待つ

萬葉には「松」の木に「待つ」の語を掛けた[1]軽い駄洒落の歌があります。

吾屋戸《わがやど》の君松《きみまつ》の樹《き》に零雪《ふるゆき》の行《ゆき》には不去待《ゆかじまち》にし将待《またむ》　（6・一〇四一、作者未詳）女歌

梅《うめ》の花咲《はなさき》て落去《ちりな》ば吾妹《わぎもこ》を将来《こむ》か不来《こじ》かと吾待《われまつ》の木《き》そ　（10・一九二二、作者未詳）男歌

第一首は第三句の「…零雪《ふるゆき》の」までが同音により下の「行《ゆき》」を導く序詞になっています。

この「待つ」ということは、額田王の歌に、その恋情がよく描かれています。

君待《きみまつ》と吾恋居《わがこひをれ》ば我屋戸《わがやど》の簾《すだれ》動《うごか》し秋《あき》の風吹《かぜふく》　（4・四八八、額田王）

待つ女性にとっては、簾の動きそのものが、待つ男の来訪の動きだと感じられます。一瞬の喜びの後にあるのは大きな落胆です。その訪《おとな》いは季節の風のいたずらであったわけです。「待つ」という心情を「簾の動き」で描いた傑作です。

右に男歌が出たように、男が女を待つということも無いわけではありませんが、男が通って行くというのが一般であった当時において、「待つ」のは圧倒的に女における行為でした。

軽い笑いとしている歌が右に示したように無いことはありませんが、「待つ」というのはとても辛いことです。今でも、夕食の時間になっても帰って来ないとイライラしたり、何か事故でもあったのではないかと心配したりします。「待つ」ということは、こういう手持ち無沙汰、所在無さ、心配、苛立ち、腹立ちといった各種の不安感と落ち着かない心情とが混在した複雑な気持ちの中にあります。「君松樹」というのは、単なる文芸化の所産に過ぎず、現実からは遠いことになります。特に、現代とは違い、何時訪ねて来るのかわからない人を待つという古代にあっては、右の感情が殊更であったことと推測されます。

誰《た》そ彼《かれ》と我《われ》に莫問《なとひ》そ九月《ながつき》の露《つゆ》に沾《ぬれ》つつ君待吾《きみまつわれ》を　（10・二二四〇、柿本人麻呂歌集）

時期は晩秋の旧暦九月です。当時の九月は暑さも去り、朝夕は冷え込むこととなり、夜露が置くようになっています。「露にぬれつつ」とありますから、女は外に出て、男が来るのを待っていたのです。第五句にそれが確かな形で描かれています。その時、男が発した言葉が「誰そ彼」でした。時は、まさに薄暗いタソガレ時です。第一句は「そこに立っているアナタは誰ですか?」という意味です。ここに、複雑な心情を抱きながら待つ女と、気軽に訪ねる男との、心情の大きな落差がはっきりと描かれています。第二句の「な問ひそ」とは、「お願いだからそのような声のかけ方はしないで」という心の底からの哀願です。男の問いかけは、待つ女にとって、耐える限度をはるかに超えたものであったのです。
この一首は「柿本朝臣人麻呂之歌集」（10・二二四三、左注）に収められている歌です。人麻呂歌集の歌の全てが柿本人麻呂の作品では無く、彼が収集した歌も含まれますが、この歌は人麻呂その人の歌であろうと私は見ます。男の人麻呂が女心の機微を歌いあげており、やはり人麻呂は歌聖だと感嘆してしまいます。

（千華万葉一八七、二〇一三年一〇月）

〈今後へのステップ〉

（1）植物「松」に動詞「待つ」を掛けることについて、大浦誠士氏は「まつ【松・待つ】」（多田一臣氏編『万葉語誌』筑摩書房、二〇一四年八月）において、「平安朝以降のように「松」と「待つ」との掛詞がまだ確立されているとは言い難い」としつつも、「「松」と「待つ」とが連想において結びついている例」があるとする。対して、廣岡は「序詞としての聖武天皇詠」の中の「松と待」において、「松」と「待」が対応する例（1・六三、11・二四八四）、「松」が「待」に冠して行く例（4・五八八、11・二七五一）、「松」に「待」を重ねる例（1・七三）と共に、純粋な掛詞例として、取り上げた6・一〇四一、10・一九二二と共に、9・一七九五（柿本人麻呂歌集歌）を挙げて、「早くも緊密な掛詞が成立していた」とする（『行幸宴歌論』和泉書院、二〇一〇年三月。三五～三六頁）。

12　児らに恋ふ

遣唐大使藤原清河の送別に関わる歌が巻第十九に五首[1]載っています（19・四二四〇〜四二四四）。渡海は、国家の期待を一身に受けつつも、命の保証がなく、決死の赴任でした。清河は房前の第四子で、大使に任命された天平勝宝二年（七五〇）九月は従四位下、参議民部卿という要職にありました。次歌は、梅の花が咲く翌年か翌々年の二月頃、藤原氏一族を挙げての無事の渡海帰朝を祈る祭事とその宴における作です。

大舶《おほぶね》に真梶繁貫《まかぢしじぬき》此吾子《このあご》を韓國《からくに》へ遣《やる》いはへ神《かみ》たち　（19・四二四〇、藤原太后）

藤原太后（光明子）から清河は甥になりますが、一族を代表しての歌であり「吾子《あご》」と呼んでいます。文字では「韓國《からくに》」とありますが、「唐國《からくに》」のことです。題詞に「春日祭神之日」とあり、一族の氏神としての春日社での祈りの歌ですが、その後の直会《なおらい》の宴の席で披露したものであり、清河は次のように応えています。

春日野《かすがの》にいつく三諸《みもろ》の梅《うめ》の花栄《はなさかえ》て在待還来《ありまてかへりくる》まで　（19・四二四一、藤原清河）

続いて載る藤原仲麻呂《なかまろ》（四二四二）と多治比土作《たじひのはにし》（四二四三）の歌の次にもう一首あります。

荒玉《あらたま》の年《とし》の緒《を》長吾念《ながくわがもへ》る兒等《こら》に可戀月近附《こふべきつきちかづき》ぬ
（19・四二四四、藤原清河）

清河詠中の「児《こ》ら」（「ら」は愛称）は妻のことであり、個人の思いを吐露した歌です。清河の生年は推定七一五年で、この時三七歳です。二〇年弱を共にしたと推定される妻を歌っています。「恋ふ」とは相手を前にしない淋しい心の状態を言い、一緒に居れば「恋ふ」とは言いません。即ち「児等に恋ふ」とは離れ離れになること、即ち出航を意味しています。因みに当時は「児等を恋ふ」とは言わずに「児等に恋ふ」[2]と言いました。「恋ふ」とは相手を主とした心の状態を言い、心引かれるという意味の語です。

遣唐副使大伴胡麻呂《こまろ》を送る歌（19・四二六二～四二六三）や、難波出航時の送別の天皇詠（19・四二六四～四二六五、孝謙天皇）も残っています。発船は天平勝宝四年（七五二）閏三月、四隻（四舶）約五百人が無事に渡唐出来たようです。第一〇次と数えています。

ウメ（津市高野尾にて）2005.3.6.

しかし、藤原清河[3]は帰還できませんでした。留学生阿倍仲

復原の遣唐使船（遷都1300年祭の平城京跡で）2010.10.17.

麻呂を伴った第一船は阿児奈波島《あこなは》（沖縄）で逆風に遭い安南《ベトナム》北部まで漂流し多数が現地住民に殺害されています。清河・阿倍仲麻呂らは、脱出して都長安に戻り、玄宗皇帝に再び仕えることになりました（『続日本紀』宝亀十年二月乙亥条）。大伴胡麻呂が乗った第二船は無事に帰還しています（鑑真も同船）。

大使藤原清河を迎える船は七五九年、七六一年、七六二年と企てられますが果さず、第十一次遣唐使（宝亀八年出航）が迎えを兼ねますが、既に清河は彼地で逝去し、「河清の女《むすめ》喜娘」[4]だけが異土と言ってよい日本へ帰還しています（河清は清河の中国名。『続日本紀』宝亀九年十一月乙卯条。第一船、漂還）。

（千華万葉一六五、二〇一一年一二月）

〈今後へのステップ〉

（1）　入唐大使藤原清河送別歌は四二四〇～四二四四番歌の五首で、関連して約二〇年前の天平五年（七三三）次の入唐使送別歌（19・四二四五〜四二四七）が引き続いて掲載され、それら八首は、高安種麻呂の伝誦歌である旨が明記されている。

（2）動詞「恋ふ」について、伊藤博氏は『萬葉集相聞の世界』塙選書（塙書房、一九五九年一一月）の中で次のように指摘する。

萬葉集において、動詞「恋ふ」が或対象を要求するとき、「——に恋ふ」というのが普通であって、「——を恋ふ」とはいわない。（六〇頁）

萬葉集において、動詞「恋ふ」が、「を」を要求せずしてもっぱら「に」を求めたということは、逆にいえば、「恋ふ」という動作が、好きな人と独り離れて悲しむあがきであることを明示するものと考えられるのである。（六一頁）

（3）長野正氏「藤原清河伝について—その生没年をめぐる疑問の解明—」（和歌森太郎先生還暦記念『古代・中世の社会と民俗文化』弘文堂、一九七六年一月）。

（4）直木孝次郎氏「藤原清河の娘—済恩院の由来について—」（同氏『古代史の人びと』吉川弘文館、一九七六年六月）。なお、清河には喜娘以外の子女は無かったと考えられている。

13　夢に見えつる

夢(1)とはあやにくなものです。見たいと思っても見えるものでもなく、見たく無いと思っても向こうから訪れて来ます。だからなのでしょう。古人は、多くの場合、相手が自分のことを思う故に夢に見えると発想しました。ただし古代にあっても「思ひ寝の夢(2)」という事例もありはします。相手が思ってくれるから夢に見えるというのは、心のつながりがあり、嬉しいことはこの上もありません。

さて、天智天皇が近江大津宮でなくなった時の、女性ばかりの挽歌が、『萬葉集』巻第二に九首（2・一四七～一五五）載っています(3)。

冒頭の三首は皇后倭太后の歌です。その三首目の歌、

人《ひと》は縦《よし》念《おも》息《ひや》とも玉《たま》蘰《かづら》影《かげ》に所見《みえ》つつ不所忘《わすらえぬ》かも　（2・一四九、倭太后）

歌の意味は「他の人は、たとえ断念したとしても、私には面影としていつも浮かんで来て（玉蘰は枕詞）、忘れようにも忘れることが出来ないことだ」となり、天智天皇を哀惜する極

みの歌になっています。「影」とは姿であり、この場合は「面影」です。寝ている時の「夢」に対し、目覚めている時に浮かんで来る姿を言います。

続く歌に、作者は「婦人」とだけあり、「姓氏未詳」と注記される長歌があります。

うつせみし　神《かみ》に不勝《あへね》ば　離居《はなれゐ》て　朝嘆君《あさなげくきみ》　放居《さかりゐ》て　吾戀君《あがこふるきみ》　玉《たま》ならば　手《て》に巻持《まきもち》て　衣《きぬ》ならば　脱時《ぬくとき》も無《なく》　吾戀《あがこふる》　君《きみ》そきぞの夜《よ》　夢《いめ》に所見《みえ》つる　（2・一五〇、婦人）

当時はユメではなくイメと言いました。イ（寝ている時）に見るメ（眼）なので、イメの語があります。右の歌の作者は未詳婦人ではありますが、天皇の逝去を悼む挽歌を作っているのですから、後宮に身を置いている女性に違いありません。しかも、皇后の歌の横に、皇后詠に対抗するかの如くに、堂々とした長歌で詠まれています。

皇后が「他人は断念しても…」と口にしたのに対して、天皇を「君《きみ》」と呼び、君が宝玉であったなら手に巻き持って放さない、君が衣服であったなら決して脱ぎ放つことはしないと高らかに唱い上げ、その君が昨夜という夜の夢枕に私の所へ訪ねて来たと言い放っています（「つる」は係助詞「そ」の結びで、強意）。皇后と真正面から対決しています。昨夜、死出の旅の直前に、皇后の所へではなくて私の所へ、この世の別れを告げに君が来られたというのです。何たる傲岸、何たる丁丁発止。夢は相手の思いの反映という発想でしたから、軍配は皇后ではなくて私に挙がるというのです。「婦人」とあるのは敢えて名を伏せられているだけであり当時はわかったはずです。「姓氏未詳」の注記は後人の手による書込みです。(4)

（千華万葉一八五、二〇一三年八月）

〈今後へのステップ〉

（1）西郷信綱氏『古代人と夢』（平凡社、一九七二年五月）。河東仁氏『日本の夢信仰』（玉川大学出版部、二〇〇二年二月）。また菊川恵三氏に夢に関する論考が少なくないが、目下のところ書物は無い。

（2）「思ひ寝の夢」としてよく知られるのは、「思つゝぬれはや人の見えつらむ夢としりせはさめさらましを」（『古今和歌集』12・五五二、小野小町）であるが、『萬葉集』にも「思而宿者夢所見来」（11・二七五四、作者未詳）や「於毛比都追　奴礼婆可毛等奈　奴婆多末能　比等欲毛意智受　伊米尒之見由流」（15・三七三八、中臣宅守）がある。

（3）九首の歌群は、四種の原資料から成る。廣岡「初期萬葉の資料」（『萬葉形成通論』和泉書院、所収）。

（4）「婦人」について、廣岡は『万葉の歌8滋賀』（保育社、一九八六年五月）で、「皇子女のない倭大后と対等に伍すことができるのは越智娘でもあろうか」（七四頁）と書いたことがあるが、越智娘（蘇我造媛）は父の蘇我倉山田石川麻呂の自死後に悲しんで六四九年に逝去しており（『日本書紀』大化五年三月是月条）、越智娘ということはあり得ない。ここに前著の非を訂しておきたい。

14　夢のごと

夢を信じた古代人ではありますが、いつもいつも夢に信を置いていたわけではありません。次のような歌があります。

夢《いめ》の如君《ごときみ》を相見《あひみ》て天霧《あまぎら》し落来雪《ふりくるゆき》の可消所念《けぬべくおもほゆ》　（10・二三四二、作者未詳）

上句《かみのく》の「夢の如君を相見て」とは、キミ（男性）と出会ってということで、女性は一夜を共にしたという意味です。「相見」とありますから、アクシデントのような出会いではなくて、逢いたいと希望し（「相」は萬葉では「会ふ」の意味[1]）、その希望がかなっての出会いであったのです。それが今となっては、まるで「夢の中の出来事」のようだというわけですから、この「夢」は記憶の判然としない形容としてあります。まさに『伊勢物語』斎宮章段の、

きみやこし我やゆきけむおもほえす夢かうつゝかねてかさめてか　（第六九段）

に見られる朧化《ろうか》表現（ボカした表現）としてあります。

しかし萬葉歌の下句《しものく》においては、もの狂おしさが極度に達していて、「落《ふ》り来る雪の消《け》ぬ

べく念《おも》ほゆ」と描かれています。「落《ふ》り来る雪」はその時の叙景《スケッチ》です。折からの雪もよいを描くことで、その下の「消《け》ぬべく念《おも》ほゆ」の比喩としています。その時に舞い散って来た雪が手の平の上でさっと消えてゆきます。そのようにという比喩の序詞であり、雪は消えるところから「消《け》」の語を導き出す働きをしています。この雪は「天霧《あまぎ》らし」（大空を黒くかき曇らせて）とリアルに描かれています。

下句の主意は「消ぬべく念ほゆ」というわけで、その雪のように消えてしまいそうだというのです。往時は「死《し》」ということを直接口に出すことは忌《い》みはばかられて、ここの「消」のように間接的に言い表しました。ここも単に雪が消えるということを言っているのではなくて、「死んでしまいそうだ」という心の痛切な極みを表現しています。

一夜の逢瀬はあっという間に過ぎてしまって、それは現実の出来事であったのか、それとも夢の中の幻想であったのか、今となっては判然としない。ぼんやりした記憶ではあるが、君を思う恋情はもの狂おしいばかり……。折から一天かき曇って激しく舞い散って来る雪が手の上で一瞬の内に消えて行く、そのように私は今死んでしまいそうな程までに、君のことが思われる、というのです。

恋歌の中で、恋死の表現は少なくはなくて（次に挙げる15「恋死」参照）、また恋死の歌かと食傷するほどですが、上に出しましたように、『伊勢物語』の第六九段を髣髴とさせる情景であり、陰に陽に『伊勢物語』に影を落していることが考えられる一首です。

（千華万葉一八一、二〇一三年四月）

〈今後へのステップ〉

（1）　漢字「相」の本来の部首は目偏（目部四画）であり、「相」字の原義は「相、省視也」（『説文解字』四上、目部）、「相視也」（『爾雅』釋詁第二）、「皆謂察視也」（『爾雅』同条、郭璞注）とあり、「みる」である。『萬葉集』では「あふ」の意味でもっぱら使用される。国名「近江」の意の「相海」や、山名の「相坂山」の例等は除外し、「阿波」「阿比」「安布」「安倍」「阿抱」などの仮名書例はカウントせず、補助動詞例は含めて計数すると、「會」と「逢」は各一〇例、「合」九例、「遭」と「遇」は各三例に対し、「相」は二五五例（補助動詞例を除くと二五〇例）になる。因みに補助動詞例を除いた「逢」は九例、「合」は八例になる。このように、『萬葉集』の歌本文（題詞・左注・散文例を除き、歌本文中の事例）において「相」字は「あふ」意の常用字として使用されている（用例検索は、古典索引刊行会編『萬葉集電子総索引（ＣＤ－ＲＯＭ）』〈塙書房、二〇〇九年一〇月〉による）。

15　恋死

「恋死」のことは「2藤浪の」及び直前の「14夢のごと」で出しましたので、ここでは数多くある「恋死」の歌の中から「柿本人麻呂歌集」の二首をお示しします。まずは原文で。

戀死　戀死哉　我妹　吾家門　過行　（11・二四〇一、柿本人麻呂歌集）

右の歌を一首の歌として読むことが出来ますか。句間を詰めますと、「戀死戀死哉我妹吾家門過行」という一二文字で（これが『萬葉集』の原姿です）、助詞・助動詞の類を多く略して記されていますから、とても読みづらいものとなっています。仮名を交えた読みを示しますと、

恋死《こひしな》ば恋《こひ》も死《しね》とや我妹《わぎもこ》の吾家《わぎへ》の門《かど》を過《すぎ》て行《ゆく》らむ

となります。右は一つの訓《よ》み方に過ぎませんが、訓み方が多少変わっても一首の意味が大きく変わることはありません。意訳しますと、「恋死するんだったら、恋死してしまえと言うのであろうか、まるでそう言っているかのように、彼女が私の家の門の前を平然と通り過ぎて行くではないか」という大意になります。まるで次の一首のようです。

立《たち》て念《おもひ》居《ゐ》てもそ念《おもふ》紅《くれなゐ》の赤裳《あかも》下引《すそびき》去《いに》し儀《すがた》を　（11・二五五〇、作者未詳）

「紅の赤裳」とあります。『萬葉集』には「はねず色《いろ》の赤裳《あかも》」（11・二七八六、「29にほへる妹」参照）ともあり、「はねず色」はピンク色を言いますから、それとは対照的な濃い紅色の裳《も》になります。「裳」は高松塚古墳西壁女人像で知られる巻きスカートになります。真紅のロングスカートを裾引いて行った女性の姿が、立っていても座っていても忘れられないという男歌です。女性にして見れば、男のことなどは何とも思っていなくて、ただ素通りするだけなのですが、恋々の情を抱いている男にして見れば、悩殺以外の何ものでもないのです。これ見よがせに通るなと言い放つ「自己チュー」の歌は、新聞紙上を賑わわせる現代のトラブルの基底と大きくは違いません。よく似た歌が、同じ柿本人麻呂歌集にあります。

戀死　戀死耶　玉桙　路行人　事告無　（11・二三七〇、柿本人麻呂歌集）

前出の歌よりも一字多い一三字のこの歌もやはり読めませんね。助詞・助動詞の類を略した人麻呂歌集の歌を「略体歌[1]」と呼んでいます。

恋死《こひしな》ば恋《こひ》も死《しね》とや玉桙《たまほこ》の路行人《みちゆくひと》の事《こと》も告無《つげなく》

上句《かみのく》は全く一緒で、下句《しものく》が異なっています。タマホコノは「路」を導く枕詞です。「事」は「言《こと》」と同じであり、話しかけることを言います。路を行く人が何一つ声も掛けずに通過するというのです。この歌には先の歌にあった「我妹」のような語がありませんから、男性の歌とも女性の歌とも両様の理解が可能で、待つ女の歌であるとも解せます。以前は深い情を見せた男が、今はその情も薄れて来て、声の一つもかけずに私の家の前を通り過ぎるようになってしまったというのであれば、女の深い嘆き歌となります。

先程の「我妹《わぎもこ》の吾家《わぎへ》の門《かど》を過《すぎ》て行《ゆく》らむ」が笑いを伴う男歌であるのに対して、この「玉桙《たまほこ》の路行人《みちゆくひと》の事《こと》も告無《つげなく》」を女歌と解しますと、まるで『蜻蛉日記』に見る兼家の素通りを嘆く藤原道綱母の思いに近いものがあります。

（千華万葉一八二、二〇一三年五月）

〈今後へのステップ〉

（1）「略体歌」は「詩體」（賀茂真淵『考』「人麻呂集序」）、「馬上体・枕上体」（神田秀夫氏『人麻呂歌集と人麻呂伝』）、「古体歌」（稲岡耕二氏『人麻呂の表現世界』）とも称され、対する「非略体歌」は「常體」（賀茂真淵『考』「人麻呂集」正述心緒条）、「机上体・啓上体」（神田秀夫氏）、「新体歌」（稲岡耕二氏）と称される。呼称の違いは表記・無表記に関する理解の異なりに由来する。「略体歌」「非略体歌」は阿蘇瑞枝氏『柿本人麻呂論考』による呼称。「略体」の最少字数歌は一〇文字の「春楊　葛山　發雲立座　妹念」（11・二四五三）、「白玉　従手纒　不忘　念　何畢」（11・二四四七）の二首。

16　妻と言はじとかも

『萬葉集』は巻によって、その歌の由来や様相が異なるものですから、歌番号だけではなく巻数も表示するのが通例になっています。巻第十三は性格のよくわからない巻であり、歌の新古や出所由来の判然としない歌が多くあります。

神風《かむかぜ》の　伊勢《いせ》の海《うみ》の　朝《あさ》なぎに　来依《きよる》深海松《ふかみる》　暮《ゆふ》なぎに　来因《きよる》保海松《またみる》　深海松《ふかみる》の　深《ふか》めし吾《われ》を　保海松《またみる》の　復去反《またゆきかへり》　つまと不言《いはじ》とかも　思《おも》ほせる君《きみ》　（13・三三〇二）

作者未詳の右の歌は反歌を伴わない単独長歌であり、古い歌であろうと考えられています。歌の中に出る海松（ミル）は、山上憶良の「貧窮問答歌」（5・八九二）の中で、「みるのごとわゝけさがれる」と四分五裂したボロ同然の衣服の形容に出るように、股状にたくさん分岐する海藻です。ここに出る「保海松《またみる》」とは、その枝分れで特徴のあるミルの呼称であると見られます。深海松は、海深くの岩に張り付くミルの形容です。

伊勢の海とは、伊勢湾よりも志摩半島を主にしての呼称であり、大化の国郡制が施行され

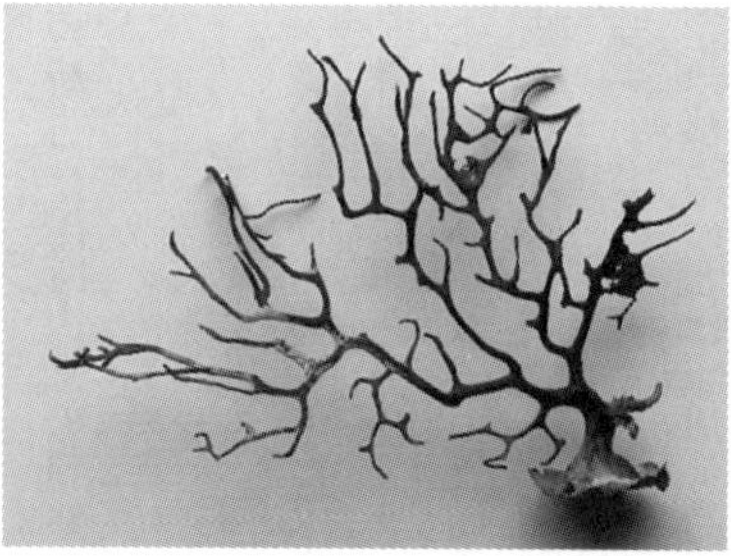

海藻のミル（干物）。
海岸に打ち上げられた採取物。

る以前は伊勢の範囲の可能性があると私は見ています。

海松が磯に打ち上げられるのは凪《なぎ》の時ではありません。朝なぎ・夕なぎと歌われるのは、磯で採取する時刻による描写になります。その伊勢の海の深海松・俣海松の同音から（序詞《じょことば》と言います）、「深めし吾を」「復去反《またゆきかへり》」の表現を導き出しています。この長歌で言いたいのは、

・心深めし吾を――つまと不言《いはじ》とかも　思《おも》ほせる君《きみ》
・また去《ゆき》また反《かへり》して―つまと不言《いはじ》とかも　思《おも》ほせる君《きみ》

です。「ぞっこん惚れさせたこの私を、妻と呼ぶことはないとでも思っているのか君は」、「私から去りまた戻って来たりして、妻と呼ぶことはないとでも思っているのか君は」という展開です。正体の掴めない男に向かって女性が、「私をどう思っているの」と難詰する歌で、今も見かける光景でしょう。

この核心を表現する「つまと不言《いはじ》とかも」の句は、字余りが普通ではなくて、九音です（九音節と言います）。原文は「都麻等不言登可聞」であり、その読みに揺れはありません。母音イなどがあると字余りが許容されるということを本居宣長が指摘しています。(1)「トイ」の続

きで一音節とみなされていたことになります。よってここは八音節なみになります。(2)短歌体（五七五七七）にもう一句「七」が付く六句体歌（五七五七七七）を仏足跡歌体と言います。この長歌には字余りがありますが、結びはその「…七七七」に近い形になります。

（千華万葉一九八、二〇一四年九月）

〈今後へのステップ〉

（1）本居宣長は「歌ニ五モジ七モジノ句ヲ一モジ餘シテ六モジ八モジニヨム事アル是レ必中《ナカラ》ニ右ノあいうおノ音ノアル句ニ限レルコト也」（『字音假字用格』「おを所属辨」九丁オ）とし、割注で「えノ音ノ例ナキハイカナル理ニカアラム未考」と記す。母音「え」の字余例が検出されないのは、「え」母音が絶対的に僅少であることに由来するものである（ヤ行音を省いたア行音をいう）。よって、佐竹昭広氏の「萬葉集短歌字餘考」（『文學』第一四巻第五号、一九四六年五月）の第一則（本居宣長の指摘した事項）は全ての母音音節と言い代えて支障がないこととなる。

（2）八音節なみとする「つまといはじとかも」の句には「とか」の音連続があり、これは毛利正守氏による「字余り法則」第五則(2)の「無声子音にはさまれた狭母音」（「短歌の字余りとモーラ」『國文學』學燈社、第二八巻第七号、一九八三年五月）そのものではないが、「と」「か」という無声子音に挟まれるのはoという半狭母音（ただし乙類母音）なので、こういう字余り現象が起きているのであろうと理解される。よって「つまといはじとかも」の九音節は七音節なみと理解して良いかと考えられる。

17　ありなみすれど

「ありなみすれど」と見出しに出しましたが、何のことかさっぱりわからないことでしょう。直前の「妻と言はじとかも」で巻第十三の三三〇一番歌を出しました。その中で、歌末を「…七七七」で結ぶ歌形があることを示しました（字余りにより七九七〈七八七〉であることについても見ました）。

次に示す歌は、右のすぐ前に位置する歌です。

おし照《てる》　難波《なには》の埼《さき》に　引登《ひきのぼる》　赤《あけ》のそほ舟《ぶね》　そほ舟《ぶね》に　綱取繋《つなとりかけ》　引《ひこ》づらひ　有《あり》なみ雖為《すれど》
曰《いひ》づらひ　有《あり》なみ雖為《すれど》　有《あり》なみ不得《えず》ぞ　所言《いはれ》にし我身《あがみ》
（13・三三〇〇、作者未詳）

この歌も反歌を伴わない単独長歌です。どういう歌なのか、その意味を見てみましょう。

「おし照る」は難波にかかる枕詞です。歌い出しの四音は珍しいことではありません。(1)「難波の埼」は難波（大阪市）の岬です。当時、難波の地は上町《うえまち》台地の高台以外は葦が生える入り江状態でした。上町台地の北端に後の大阪城が位置します。その台地の先端が難波の崎であると考えられます。

その岬の北を淀川が流れています。往時は、船を綱で引いて川を遡りました。平安時代の事例になりますが、紀貫之は土佐国からの帰路、曳き船により淀川を遡り、京都まで船で帰還しています（『土左日記』）。「赤のそほ舟」は赤く塗られた舟を言います。前半はそういう難波での曳き船の景を描き、後半部の「引く」へと展開してゆく序詞です。歌の中心は後半になります。

その後半部に「ありなみすれど」が出て来ます。「ありなみす」の語について「否と言い張る」「同棲する」「うまく事が運ぶ」等の説がありますが判然としません(2)。今は曽倉岑氏（『萬葉集全注・巻第十三』）の同棲説によります。女歌・男歌の双方の解が可能です。「同棲しようとするが」という意味で次のようになります。

無理して相手を引いて誘い同棲しようとするが、強弁して相手と同棲しようとするが、それも出来ない人（駄目な人）だと、言われてしまったこの私の身よ。

この歌、「有《あり》なみ不得《えず》ぞ」で歌を終われば、普通の長歌体となります。即ち、「五七」を何回か繰り返して、最後を「五七七」で終わるのが一般の長歌のスタイル（形式）です。しかし、この歌には「所言《いはれ》にし我身《あがみ》」があり、この句が無いと一首の意味が完結しません。

八音ですが前回同様に、母音アがあって「シア」で一音とみなされました。やはり「…七七七」という仏足跡歌体に近い長歌の結びになります。(3)

（千華万葉一九九、二〇一四年一〇月）

〈今後へのステップ〉

（1） 四音節の初句は、「うまさけ」（1・一七）、「うちそを」（1・二三）、「うねめの」（1・五一）、「ふりにし」（2・一二九）、「しらぬひ」（3・三三六）、「はるひを」（3・三七二）など、まま見られる。

（2） 「ありなみす」という語の語構成は、恐らく「有り（み）無みす」（あったり無かったりする）であろうと推考できますが、この原義では今の歌の意味に合致しません。

（3） 岡部政裕氏に「万葉長歌律格論」『万葉長歌考説』（風間書房、一九七〇年一一月）があり、仏足跡歌体に近い長歌に関する言及がある（初発は一九五四年一〇月）。また、新版の岩波文庫『万葉集』第一冊（佐竹昭広氏・山田英雄氏・工藤力男氏・大谷雅夫氏・山崎福之氏校注）の4・四八五番歌条に「五七七七止めの長歌」という指摘があり、4・五三四番歌条や6・九〇七番歌条にも言及がある。なお、仏足跡歌体の呼称は、奈良の薬師寺が蔵する佛足石と共に蔵される歌碑（共に国宝）の歌体が「五七五七七七」に由来することによる。廣岡に『佛足石記佛足跡歌碑歌研究』（和泉書院、二〇一五年一月）がある。

Ⅲ　綾なす言葉

18　争へば神もにくます

小学生の頃「○○くんにA子ちゃん」とはやし立てられることがありました。村の小さな学校でのことです。同じ言われるのなら、B子ちゃんの方が良いのにとも思いました。こうした軽い遊び、しかし当人にとっては傷付く言い立てを「言縁《ことよせ》」と言い、萬葉に見られます。

さひのくま檜隈川《ひのくまがは》の瀬《せ》を早《はや》み君《きみ》が手取《てと》らば将縁言《ことよせむ》かも　（7・一一〇九、作者未詳）

「檜隈《ひのくま》」（檜前）は明日香の南方の地名で、高松塚古墳からも遠くない所です。檜隈川は現地を今も流れる小川ですが、大雨の後なのでしょうか。普段は「瀬を早み」（流れが早いので）という状況ではありません。村社会ゆえに「噂を立てられることか」という一首です。嫌な仲で無かったのなら「人言《ひとごと》」（噂）も良いと思うのは現代人です。当時は人言を極端に嫌うのが常でした。次の一首でそれがわかります。

里人《さとびと》の言縁妻《ことよせづま》を荒垣《あらがき》の外《ほか》(1)にや吾《あれ》見《み》将《む》悪《にくく》有《あら》なくに　（11・二五六二、作者未詳）

「言縁妻」という語まで出来ています。直接の関係はまだ無いのに人の噂ではもう妻になってしまっていて、会いたくても会えないというのです。心憎くは思っていないのに（大好きなのに）、垣根の外から見守るだけという嘆きです。こうなると、噂には実害があります。

しかし、次のような開きなおりと言ってよい一首があります。

争《あらそへ》ば神《かみ》も悪為《にくます》縦《よし》ゑやしよそふる君《きみ》が悪有莫《にくくあらな》くに　（11・二六五九、作者未詳）

「争《あらそへ》ば神《かみ》も悪為《にくます》」というのは当時の諺《ことわざ》でしょうか。こうした「言縁せ」は、人智を越えた神意ゆえのものと理解されていたのでしょう。ここの「争ふ」は、さからう程度の意味になります。「言挙《ことあ》げせぬ国」（あれこれと言い立てをしない土地柄）とも言います。敢えて争うことは神が嫌がるというのが上句《かみのく》です（「にくます」は「憎みたまう」の意）。「よしゑやし」は「えぇままよ、構わない」と言う開きなおりを意味する副詞です。「よそふる君」とは「言縁せ」られている君ということで、この一首が女歌であることがわかります。

「人言」(2)の噂が立つことを嫌がるのは、男性以上に女性に強く見られます。いったん噂が立ってしまうと他の男は見向かなくなってしまい、選択の余地がなくなってしまうということも関わっています。しかしこの女性は、度胸を決めたのです。悪い相手ではないと、内心喜んでいます。それを神のせいにして、「争へば神もにくます」と詠《よ》んで、この一首を当の男に贈っているのです。

したたかな女心と言うべきでありましょう。

（千葉万葉二一二、二〇一五年一一月）

〈今後へのステップ〉

（1）「外」の訓、多くの諸注釈書は「よそ」と訓み、「ほか」と訓むのはごく少数（武田氏『全註釋』や『大系本』など）。しかし、「安之可伎能保可尓奈氣加布」（17・三九七五）「安之可伎能保加尓母」（17・三九七七）の仮名書き例があり、阿蘇瑞枝氏「葦垣のホカに嘆かふ」（犬養孝博士米寿記念論集『萬葉の風土・文学』塙書房、一九九五年六月）の論がある。

（2）歌には「里人の言縁妻」（11・二五六二）とあり、「争へば神もにくます」（11・二六五九）とあり、共に巻第十一の歌であり、天平期の平城京における様相であると見てよい。「里」とは隣人を言うものと見られる。

「人言」がこのように歌われる平城京の様は、まさにムラ社会における現象であると言える。即ち、共同体監視社会という実態であり、烏合の大衆による孤立的な都市社会ではない社会において見られる現象になる。平城京は都市社会ではあるが、その内実は「氏」という共同体から構成されるムラ社会的側面を色濃く内包していた社会であると言うことが、この「人言」の語から指摘出来よう。

19　含羞《がんしゅう》の切り返し

朴《ほお》の木の葉（朴葉《ほおば》）は香りが高くて、人々に親しまれています。子供の頃、僻遠の山中で育った私は、炊きたての御飯を包んで食べる朴葉飯《ほおばめし》が新緑の季の楽しみでした。

この朴の葉が『萬葉集』にも詠まれています。

吾《わが》せこが捧《ささげ》て持《もて》るほほがしはあたかも似《にる》か青　盖《あをききぬがさ》　（19・四二〇四、講師僧恵行）

講師僧恵行が越中守家持に贈った歌で、現地の名勝「布勢水海《ふせのみづうみ》」を遊覧した時の歌です。この「講師」について、川崎晃[1]氏が東大寺僧であることを明らかにしています。「法会のために越中国に屈請された僧侶である」とあります。

初句の「吾せこ」とは家持のことをさします。第五句の「盖」は「蓋」の通行字（異体字）であり、威儀としての布製の傘のことです。この時、家持は、朴葉一枚ではなく、車輪状に広がった一枝を手にしていたことが、この青い蓋（緑の蓋）としての見立てからわかります。「青き蓋」は、身分の一位相当者が使用可能な威儀でした[2]。当時、家持は越中守ではありましたが、推定三三歳の従五位上でした。一位には遥かに及びません。朴葉から来る「見立て」表現ではありますが、僧恵行による過大な讃美であったわけです。この講師僧恵行に家持が返したのは次のような歌でした。

皇神祖《すめろき》の遠御代《とほみよ》み世《よ》はい布折《しきをり》酒飲《きのみ》きといふぞ此《この》ほほがしは

（19・四二〇五、大伴家持）

この応酬も、宴の席と推定でき、歌材に「酒」を詠んでいるのはふさわしいことです。一般にはサケと言いますが、神に供える時にはキと言いました。今もオミキの語で使用されます。神事の後は、直会《なおらい》としてその酒を飲むことになります。今は講師僧接待の宴です。

蓋（きぬがさ）に見立てられる朴の木の若葉。2014.5.16.　於山梨県甲府市昇仙峡

歌意は「代々の天皇の遥か昔においては、たたみ折って神事の後の酒を戴いたということであるよ、この朴の葉でもって」ということになります。広い朴葉ですから、器状に折りたたんで酒器として用いることは可能でしょう。朴葉の酒への移り香は絶妙でしょう。

巻第十九の歌のならびから、この歌は天平勝宝二年（七五〇）四月一二日（太陽暦五月二一日）

の作と推測できます。布勢水海を遊覧後のことでした。新緑の葉を広げて間もない頃の朴葉であったと見られます。

贈答歌、特に男女間のやりとりにおいては、歌は素直に返すのではなくて、巧みに切り返すことが一つの趣向となっていました。(3) 今の場合は、僧恵行による贈歌を受けてのものですが、恵行の過大な讃美を受けた家持は含羞《がんしゅう》（はにかみ）を包んで、テーマを逸《そ》らして、酒器としての朴がしわ讃美で応えたのでした。巧みな応酬となっています。

（千華万葉一七二、二〇一二年七月）

〈今後へのステップ〉

(1) 川﨑晃氏「古代北陸の宗教的諸相」（同氏『古代学論究』慶應義塾大学出版会、二〇一二年八月）第三部第七章、三一四頁～。また同氏「二人の僧恵行について」（同著）付篇三、三五三頁～。

当条の初出稿では「国分寺の僧の最高位をいいます。当時既に越中国に国分寺が存したのか否かという論議がありますが、今は深入りしません」と記したが、これを撤回し、右の川﨑晃氏が指摘する東大寺僧による。これだと全く問題が存在しない。

(2) 養老令の『儀制令』15「蓋」条に「凡、蓋。皇太子は紫の表、蘇方の裏、…（中略）…。一位は深き緑。三位以上は紺。四位は縹。…（下略）…」とある。

（3）　鈴木日出男氏は「女歌の本性」で「女が何らかの形で切り返して応ずる」「女が男からの求愛を応諾していながらも拒否してみせる」とする。これは多くの場合、まず男が第一信を発し、女がそれを受けて返すのが一般的であるところからに起因するが、男が返す場合においても「切り返し」は存在する。鈴木日出男氏「女歌の本性」（『古代和歌史論』東京大学出版会、一九九〇年一〇月）。

右の具体的な「切り返し」の事例を「28対詠の歌」の九九～一〇〇頁で例示している。九九頁の大津皇子と石川郎女の贈答（2・一〇七～一〇八）、一〇〇頁の舎人皇子と舎人娘子の贈答（2・一一七～一一八）がそれである。参照されたい。

20　洗練された防人歌

防人《さきもり》とは防備のために徴発され九州に赴いた東《あずま》の人々を言います。『萬葉集』には天平勝宝七歳（七五五）の防人の歌が八四首まとまって巻第二十に載せられていることで知られます。防人は改新《かいしん》の詔（大化二年、六四六）に出て来ますし、『日本書紀』には天智三年（六六四）、天武十四年（六八六）、持統三年（六八九）などに見え、『萬葉集』には「昔年防人歌」（20・四四二五～）なども載せられています。養老令の軍防令（8）によれば、その任期は三年とあります（規定通りには行かなかったようですが）。

さて、防人歌と言えば巻第二十に載る歌々で知られるのですが、巻第十四の中にも「防人歌」として五首（14・三五六七～三五七一）が載っています[1]。その中の一首を次に挙げます。

あしの葉《は》にゆふぎりたちてかもが鳴《ね》のさむきゆふへしなをばしのはむ　（14・三五七〇）

葦《あし》の葉《は》に夕霧立《ゆふぎりたち》て鴨《かも》が鳴《ね》の寒夕《さむきゆふへ》し汝《な》をば思《しのは》む　（作者未詳）

仮名の羅列では意味が取りにくいので、左には漢字を宛てました。

カモ（現代名、カルガモ）2012.3.7.

「葦の葉」「夕霧」「鴨が鳴」「寒き夕」と洗練された歌ことばが列挙されている一首です。東国特有語も地域言語（方言）も、この歌には見られません。この一首はそうした用語だけではなくて、歌一首そのものが洗練された歌になっています。ほんとうに防人（東国人）が作った歌であるのか疑わしくなってきますが、今は書かれているままに防人歌として見ます。

葦は難波の名物です。もちろん難波に限ることはなくて、「葦原の水穂の國」（2・一六七、柿本人麻呂）はこの国の総称ですし、若浦（和歌山県）でも越中（富山県）でも歌われています。しかし、大伴家持が難波に冠する枕詞として「葦が散る」(2)を使っているように、難波の葦は殊によく知られていました。また「寒き夕」は、志貴皇子の歌で知られます。

葦邊《あしへ》行鴨《ゆくかも》の羽《は》がひに霜零《しもふり》て寒暮夕《さむきゆふへ》は倭《やまと》し所念《おもほゆ》　（1・六四、志貴皇子）

志貴皇子の代表歌として知られる右一首の影を前記防人歌に落としている可能性があります。「蘆辺」「鴨」「寒き暮夕」と、描写される表現が重なります。志貴皇子の右の一首は慶雲三年（七〇六）に文武天皇が難波宮に行幸された時に、志貴皇子は従駕し、難波宮で作られた歌です。防人歌の作詠の場は出立時の国府、国府から難波までの道中、集結地難波と三つに分かれます。「道中詠」もその披露の場は難波での宴になりますから、大きくは旅立ちの国府の場と難波とになります。難波からは官船で九州に向かうことになります。こういう次第で、この防人歌も難波での作詠と見られ、志貴皇子歌と重なる情況が存在します。(3)

即ちこの防人歌一首は、著名な志貴皇子の歌を念頭に置きつつ、防人集結地の難波で詠まれた、洗練された歌なのでしょう。防人は都の歌を学びつつ、詠作していったものと推測されますが、そうした防人の脳裏に、志貴皇子の作として知られる一首が響いていて作られたということが想定出来ます。巻第二十の防人歌に添削の手は入っていませんが、巻第十四の東歌中には添削の手が考慮出来、この一首も添削の手が加えられているのかも知れません。

（千華万葉一九二、二〇一四年三月）

〈今後へのステップ〉

（1）『萬葉集』巻第十四には「防人歌」の五首以外にも防人の歌が紛れ込んでいることが指摘される。例えば大久保正氏は「万葉集東歌の性格」（『萬葉集研究』第一集、一九七二年四月。同氏『萬葉集東歌論攷』塙書房、所収）の中で「防人歌の混在」の項を第九項に挙げる。廣岡義隆「東歌」（『和歌文学大辞典』古典ライブラリー、二〇一四年一二月）、参照。なお、『萬葉形成通論』の中で「防人の歌」（第二部第四章第一二節）として考究した事項も巻第十四「防人歌」の五首以外の防人歌である。

（2）枕詞「蘆が散る」は『萬葉集』に三例あり、全て大伴家持の作になる。

…（上略）…あしがちる　難波のみ津に　大船に　まかいしじぬき…（下略）…　（20・四三三一）
海原の　ゆたけき見つゝ　あしがちる　なにはにとしは　へぬべくおもほゆ　（20・四三六二）
…（上略）…あしがちる　難波にきゐて　ゆふしほに　船をうけすゑ…（下略）…　（20・四三九八）

第一首は「追痛防人悲別歌之心作歌」と題する長歌作品の長歌中の表現、第二首は「陳私拙懐」と題する長歌作品の第二反歌、第三首は「為防人情陳思作歌」と題する長歌作品の長歌中の表現で、いずれも兵部少輔として難波に身を置いていた天平勝寳七年（七五五）二月の作である。その「蘆が散る」とは眼前の景ではなくて、まさに葦が飛び散る難波という観念としての枕詞であることを木下正俊氏の『萬葉集全注・巻第二十』（有斐閣、一九八八年一月）が説く。

（3）村瀬憲夫氏「万葉集巻十四「防人歌」の編纂」（美夫君志会編『万葉学論攷』一九九〇年四月。同氏『萬葉集編纂の研究』塙書房、所収）も志貴皇子歌（1・六四）に言及する。

21　人妻を詠む歌

人妻を詠む歌があります。歌の中に出て来るというのではなく、人妻そのものが歌の主題となっています。

神樹《かむき》にも手《て》は觸《ふる》と云《いふ》をうつたへに人妻《ひとづま》と云《いへ》ば不觸《ふれぬ》ものかも　（4・五一七、大伴安麻呂）

しめ縄が張られている神木でさえ、皆手で触っているではないか、と理屈をこねています。「うつたへに」の語は、下の打消の「ぬ」と呼応して、「決して…しない」の意味を表わします。歌末の「かも」は反語で、そうではないだろうという歌意になっています。

ひとづまとあぜかそをいはむしからばかとなりのきぬをかりてきなはも　（14・三四七二）
人妻《ひとづま》と何故《あぜ》か其《そ》を云《いは》む然《しか》有ばか隣《となり》の衣《きぬ》を借《かり》て着《き》なはも　（東歌、作者未詳）

東歌《あずまうた》です。第二句の「あぜ」は疑問の意の副詞、第五句の「なは」は打消しの助動詞で、共に東国特有語です。どうして皆がヒトヅマと言って気にするのだろうかと、素朴な疑問を呈しています。その下で「しからばか」（そうであるとしたなら）として、隣家で衣服を借りないことがあろうかと理屈を申し立てています。江戸期に庶民は羽織を貸し借りすることがありましたが、特別な衣服はお互いに都合し合っていたものかと考えられます。

なやましけひとづまかもよこぐふねのわすれはせななないやもひますに　（14・三五五七）

なやましけ《(き)》人妻《ひとづま》かもよ榜舟《こぐふね》の忘《わすれ》は為《せ》なないや念益《もひます》に　（東歌、作者未詳）

これも東歌で、「悩ましけ」は「悩ましき」の東国訛《なま》りです。何とも心悩ませる人妻であるというのです。「榜舟《こぐふね》の」はその下の「忘《わすれ》は為《せ》なな」（「なな」は打消の助動詞「なふ」〈東国語〉の連用形。忘れるということはせずに）に冠する枕詞(1)です。舟を漕ぐ手を休めると前に進みませんから「忘れず」を修飾する枕詞となっています。その人妻を忘れ去るということは全くなくてということの吐露表明です。末句は、「人妻への思いが一層つのってくるばかりであるが……」という意になります。

以上のように禁忌《タブー》の対象として人妻が歌われていて、既に人妻の倫理が確立していたことを明らかにしてくれます。

人妻《ひとづま》に言《いふ》は誰言《たがこと》さ衣《ごろも》の此紐解《このひもとけ》と言《いふ》は孰言《たがこと》　（12・二八六六、作者未詳）

右の一首の直訳は次のようになります。「人妻に向かって語るのは誰の言葉。私の下着の紐をほどけと語るのは一体誰の言葉」。「さ衣」の「さ」は接頭語。「紐」は、貞操観念と共に詠まれる下着の紐です。臨場表現語の「この」が使われていますから、二人は今向かい合っている情況になります。歌の作者は「人妻」とある女性です。

歌の理解に振幅があります。女が相手の男を難詰しているという理解が一般的です。[2]ところが、抗議の中に甘美の感が漂うという解釈[3]もあります。こうした理解の幅は、歌を読む側の変化の反映であるとも申せましょう。

（千華万葉一八八、二〇一三年一一月）

〈今後へのステップ〉

（1）「榜舟《こぐふね》の」を枕詞と認定するかどうか、理解が分かれる。『萬葉集』中の用例は少ないが、私は枕詞の特徴をよく有する枕詞と見る。舟を榜ぐという動作は、一旦手を休めると、再度舟を進めるのに大変な労力を要する。一度前進すると慣性により比較的楽に舟を前進させることが出来、まさに「忘《わすれ》は為《せ》なな」の表現を導くのによく合致する、日常労働に起因する枕詞であると見ることが出来る。

（2）例えば、鹿持雅澄の『萬葉集古義』には「われは人の妻にてあるものを、みだりに紐とけと云は、そもいかなる人の言ぞ、と咎めたるなり」とある。

（3）土屋文明氏の『萬葉集私注』には、「一種の抗議であるが、抗議する中にはすでに甘美の感がただよふ。倫理観を以て論ずべきものではない」とある。

22 秋風

萬葉には種々の風が吹いています。季節の風（「春風」など）、時々の風（「暮風《ゆふかぜ》」など）、地名を付けた風（「伊可保《いかほ》風」など）、方角を示す風（「東風《あゆのかぜ》」など）、属性を示す風（「神風」など）、強さを示す風（「荒風《あらし》」など）……。「神風」[1]（『萬葉のこみち』所収）、「明日香風」（『萬葉の散歩みち・上』所収）については、かつて書いたことがあります。

秋風と言えば、額田王の次の歌がまず浮かびます。

君待《きみまつ》と吾戀居《わがこひをれ》ば我屋戸《わがやど》の簾動《すだれうご》かし秋《あき》の風吹《かぜふく》

（4・四八八、8・一六〇六、額田王）

右の歌は巻第四と巻第八とに重複して出、巻第八には「秋之風吹」とありますので、第五句は「秋風《あきかぜ》」とは読まず「秋の風」と読むことになります。

中国において、五行《ごぎょう》思想で万物は木火土金水《モクカドゴンスイ》の五元素から成り立っていると思考され、その木火土金水に色を順に配し、青朱黄白玄《あをあかきしろくろ》が五色《ごしき》になります。唱歌で「五色の短冊、私が書いた」（「たなばたさま」）と歌う五色です。その五色から「白風」という風があります。

まけ長戀心《ながくこふるこころ》ゆ白風に妹《いも》が音所聴《こゑきこゆ》紐解往《ひもときゆか》な　（10・二〇一六、人麻呂歌集）

とあり、「白風」でアキカゼと読みます。「金・白」を秋に配するからです。「土」は天子がいる中央をさし、木火金水を春夏秋冬や東南西北に配することになります。

季節は旧暦七月の秋になり、七月七日の七夕の時が到来したのです。一年間を待って、秋風が吹く季節を迎えると共に、その風に乗って彼女（織女）の声が聞こえて来る。さぁ、下着の紐を解き放って彼女を訪ねよう、という意味の七夕歌です。

「白秋」の語もあります。「白」には限りない透明感までもがともないます。

秋。どこかで石英のぶつかる音がしてゐる。

これは、井上靖が『詩集北國』の「あとがき」で紹介している友人による一行詩です。こういう透明感が秋という季節には漂っています。『萬葉集』には「金風」の語もあります。

天漢水陰草《あまのがはみづかげくさ》の金風に靡《なびか》ふ見《みれ》ば時《とき》は来《き》にけり　（10・二〇一三、人麻呂歌集）

「天漢」とは天上を流れる漢水という意味で、天の川を言います[2]。天上にも川があり、川辺には草が生え、風が吹いています。水辺の物陰に隠れがちな雑草が秋風で揺れているというスケッチです。地上の景を反映しているというよりも、身を天上界に置いている臨場感がこの歌にはあります。「金風」の「金」は示した通り「秋」を意味します。金風は、昨日までの暑かった夏風ではなくて、水辺の草を揺らす秋の風だというのです。
「金風」からは、キラキラとした感じまでもが伝わってきます。風のそよぎを目に見て、一年に一度の訪いの七夕節がやってきたと、季節の到来を実感している七夕歌になります。
「金風」と書く歌は、『萬葉集』に他に二首あります。(3)

（千華万葉一九七、二〇一四年八月）

〈今後へのステップ〉

（1）『萬葉のこみち』に納めた「神風」で注（4）として示していた拙稿小論は、『萬葉風土歌枕考説』（和泉書院）の第二章第二節に収めている（未刊）。

（2）地上の漢水の称を天上の天の川（銀河）に移したことによる呼称である。『倭名類聚鈔』那波道圓本に「天河　兼名苑云、一名天漢。今按又名河漢。銀河也（和名、阿萬乃加八）」（1・三オ）とある。「河漢」条、他本（馬渕和夫氏『古写本和名類聚抄集成』による）には「漢河」とあるが、狩谷棭斎『箋注倭名類聚抄』が指摘するように、那波道圓の校訂が正しい。

（3）「金風」と書く他の二首の歌は次の通り。

金風に山吹《やまぶき》の瀬《せ》の響《なる》なへに天雲翔鴈《あまくもかけるかり》に相《あへ》るかも　（9・一七〇〇、人麻呂歌集「宇治河作歌」）

よしゑやし不戀《こひじ》と為《すれ》ど金風の寒吹夜《さむくふくよ》は君《きみ》をしそ念《おもふ》　（10・二三〇一、作者未詳）

23　言ひし児なはも

天平勝宝七歳（七五五）二月に大伴家持が録した防人の歌一首を挙げます。

おほきみのみことかしこみいでくればわのとりつきていひしこなはも　（20・四三五八）

大王《おほきみ》の命《みこと》恐《かしこ》み出来《いでくれ》ば我《わ》の取付《とりつき》て言《いひ》し児《こ》なはも　（上総《かみつふさ》國種淮《すゑ》郡防人、物部龍《もののべのたつ》）

「我の」の「の」は「に」の訛《なま》り、「児な」の「な」は愛称「ら」の東国語になります。その「こ」の語に「児」字を宛てているのは「子」と共によく使われる用字です。原文は一字一音の萬葉仮名「古《こ》」で書かれています。「児」字は『萬葉集』に二〇六例ある内の一四六例が恋人や妻の意です。「子」字は四二七例ある内の四四例が恋人や妻の意ですから、「児」と書きました。ここは子供の意味ではなくて、妻の意味としての「児《こ》」になります。

「大王《おほきみ》の命《みこと》恐《かしこ》み」[1]は、王（天皇）の命令を恐れ多くも承っての意で、『萬葉集』中に二八例もある常套表現であり、防人歌の中にはこの歌以外に四首見られます。そうした拒否できない絶対命令を受けてという意味で「出来《いでくれ》ば」に続きます。

防人としていざ門出という時に妻が取り付いて何かを言ったのです。何を話しかけたのかは書かれてありません。私を忘れないでとか、無事で戻って来てとか、種々想定出来ます。防人といっても現実の戦はまずありません。それよりも、道中での落命があるのです。旅自体が過酷であったのです。難波《なにわ》からは官船で筑紫《つくし》まで搬送されますが、集結地の難波までは自己負担になっています。引率の国府の役人が付いてはいますが、水が変るということがまず大変なのです。土地土地には、風土特有の病が待ち受けています。

出かける防人においても、見送る家人においても、今生の別れになることを覚悟してのものでありました。そういう見送りだったのです。

こういう次第ですから、下句の「我《わ》の《(に)》取付《とりつき》て言《いひ》し児《こ(ら)》なはも」とある妻の語りかけた内容は、「出かけないで」という哀願に相違なくて、緊迫した場で「無事で」とか「忘れないで」という語りかけは何とも間の抜けたものになってしまいます。必ずや「行かないで」という取りすがりに違いないのです。そのことを「取付《とりつき》て」の表現がダイレクトに示しています。

このように考えますと、最初に常套句であるとしました「おほきみのみことかしこみ」が、単なる常套表現を通り越して急に現実味を帯びた句として迫って来るのです。

この歌においては、上句《かみのく》の「おほきみのみことかしこみ」と下句《しものく》の「わのとりつきていひしこなはも」とが相対立する構図で屹立していて、「上句↓下句↓上句↓下句……」とエンドレスの永久循環を繰り返し、二人の嘆きが増幅する歌として立ち上がっています。当人以外の胸にも強く迫ってくる、とてもかなしい一首としてあります。

（千華万葉二一六、二〇一六年三月）

〈今後へのステップ〉

（1）常套表現とした「大王《おほきみ》の命《みこと》恐《かしこ》み」の内、緊張感が欠如しているという意味における歌例を挙げる。

晝見《ひるみれ》ど不飽《あかぬ》田兒《たご》の浦《うら》大王の命恐み夜見《よるみ》つるかも　（3・二九七、田口益人）

これは田口益人が上野国司に任じられ駿河浄見埼を夜船で通過した時の二首中の一首であり、前歌に「寛《ゆたけき》見《み》つつ物念《ものもひ》もなし」とある。また神亀四年（七二七）正月に、春日野で「打毬の樂」に興じ「雷鳴の陣」に参じることが出来ず、聖武天皇の勅勘を被り、授刀寮に「散禁」を命じられた時の王子・臣子の一人の長歌（6・九四八、作者未詳）の結びに、

…（上略）…　天皇の　御命恐み　ももしきの　大宮人《おほみやびと》の　玉桙《たまほこ》の　道《みち》にも不出《いでず》　戀比日《こふるこのころ》

とある。また、大伴家持の越中守として赴任中、都で留守をしている妻を思っての長歌の一節に、「…（上略）…　大王の　みことかしこみ　あしひきの　やまこえぬゆき　あまざかる　ひなをさめにと　別来《わかれこ》し　その日《ひ》のきはみ　…（下略）…」（17・三九七八、大伴家持「述戀緒歌一首」）ともある。

24　短い序詞

序詞《じょことば》は、その下に来る語や句を引き出すところは枕詞と同じですが、枕詞の場合、導かれる語や句は決まっていいます。「あしひきの」は「山」を導き、「ぬばたまの」は「黒」や「黒い物」（「夜」や「髪」など）を呼び出します。また枕詞は仮名五文字または四文字と決まっています（五音節などと言います）。この枕詞に対し序詞は自由なところが違います。長さも自由であれば、かかってゆく語句にも決まりがありません。

次は長い序詞の代表でしょう。

吾妹兒《わぎもこ》が赤裳《あかも》渥塗《ひづち》て殖《うゑ》し田《た》を苅《かり》て将蔵倉無《をさめむくらなし》の濵《はま》　（9・一七一〇、柿本人麻呂）

地名「クラナシの浜」を引き出すもので、その上の全てが序詞になります。地名は「ナシの浜」かも知れません。その場合は「倉」までが序詞になります。結局「ここは（クラ）ナシの浜だ」という一首になりますが、面白いのは上に位置する「彼女が赤裳を汚し苦労して梅雨時に植えた田であるが、刈り取って収める『倉』（倉が無い）」という表現になります。

右は、短歌における長い例ですが、長歌の場合は二三句に及ぶ例があります。(1)長い序詞に対し短い事例があります。次はごく短い長歌（13・三二二二、作者未詳）です。

み諸《もろ》は　人《ひと》の守山《もるやま》　本邊《もとべ》は　馬酔木花開《あしびはなさく》　末邊《すゑべ》は　椿花開《つばきはなさく》　うら妙《ぐはし》　山《やま》そ　泣兒守山《なくこもるやま》

ミモロは神が坐す室（モロ・ムロ）の山という意味で神山をいう語であり、飛鳥の神なび山(2)を指しての呼称です。

アシビ（現代名、アセビ）津市高野尾にて

「守《も》る」は番をするという意味でモルと言います。この語の上に「しっかり見て」という意味で「目《ま》」が加わるとマモルとなります。マは、マツゲ・マナコ・マブタのマです。「人の守る山」とは、番人（山守）を置いて入山を禁じることであり、今の場合は神聖な山ゆえのことになります。

「本辺は　馬酔木花開く　末辺は　椿花開く」の対句はそのミモロの描写です。原文は「花開…花開」とあり「花開き…花開く」と読みたいところですが、当時の対句は通常「花開く…花開く」のように読みました。(3)山麓では馬酔木が咲き、山の上の方では椿が咲く、美しい山なのだとその神性を描いて、その下の「うら妙し」（美しい）へ続けています。

結びは、ウラクハシ・ヤマソ・ナクコモルヤマという古型五三七の音律[4]です。そのナクコ（泣く児）は「守る」を導く短い序詞です。子守りの意で「守る」を導いています。冒頭の「人の守る山」（神山）を言い方を変えた表現で結んでいます。恐らく泣く児もみつめる（目守る）美しい山であるという含意が底に存在すると見られます。

（千華万葉一六七、二〇一二年二月）

〈今後へのステップ〉

（1）　柿本人麻呂が石見国の現地妻と別れて上京する時の長歌冒頭部の序詞は二三句になる。

石見《いはみ》の海《うみ》　角《つの》の浦廻《うらみ》を　浦無《うらなし》と　人《ひと》こそ見《み》らめ　潟無《かたなし》と　人《ひと》こそ見《み》らめ　よしゑやし　浦《うら》は無《なく》とも　縦《よし》ゑやし　潟《かた》は無《なく》とも　鯨魚取《いさなとり》　海邊《うみへ》を指《さし》て　和《にき》たづの　荒礒《ありそ》の上《うへ》に　か青生《あをくおふる》　玉藻《たまも》おきつ藻《も》　朝《あさ》はふる　風《かぜ》こそ依《よら》め　夕《ゆふ》はふる　浪《なみ》こそ来縁《きよれ》　浪《なみ》の共《むた》　彼縁此依《かよりかくより》　玉藻成《たまもなす》」……

と石見の海景の描写から海中の玉藻の描写へと移り、その「玉藻なす」（玉藻が左右にユラユラ揺れるように）ということで、核心の現地妻との閨房描写（依宿《よりね》し〈妹《いも》〉）へと導く（2・一三一）。

（2）「飛鳥の神なび山」には、雷岳・甘樫山等の説があり、また「ミハ山」説もあるが、井村哲夫氏は「ミハ山」は飛鳥の範囲外であり、説として成り立ち得ないと指摘する（「謎の里　飛鳥」「ミハ山・飛鳥神奈備説の疑義を質す」共に同氏『憶良・虫麻呂の文学と方法』笠間書院、所収)。今の場合は雷丘を言うものであろう。

(3)　鶴久氏「対句における訓法」(『萬葉集訓法の研究』おうふう)第二章第五節。初発一九五九年四月。

(4)　五三七止めの長歌として『萬葉集』に次の歌がある。当該歌(13・三二二二)も左に含めている。

…(上略)…　われこそは　のらめ　いへをもなをも　(1・一、雄略天皇)単独長歌
…(上略)…　うつせみも　つまを　あらそふらしき　(1・一三、中大兄皇子)反歌具備
…(上略)…　こころなく　くもの　かくさふべしや　(1・一七、額田王)反歌具備
…(上略)…　わかくさの　つまの　おもふとりたつ　(2・一五三、倭太后)単独長歌
…(上略)…　うらぐはし　やまぞ　なくこもるやま　(13・三二二二、作者未詳)単独長歌
…(上略)…　あたらしき　きみが　おゆらくをしも　(13・三二四七、作者未詳)単独長歌
…(上略)…　あたらしき　やまの　あれまくをしも　(13・三三三一、作者未詳)単独長歌

五三七止めの長歌を論じた論に久米常民氏「古代歌謡としての長歌」(同氏『万葉歌謡論』角川書店、一九七九年五月)や駒木敏氏「五三七結解型長歌の形成」(論集『日本古代論集』笠間書院、一九八〇年九月)があり、両論にはなお参考論文の引用がある。

25　序詞の妙

序詞《じょことば》には、同音・類音という発音から続くことばを導き出す場合があります。

河上《かはのへ》のイツ藻《モ》の花《はな》のイツモ丶丶丶《いつも》来《き》ませ我《わが》せ子《こ》時《とき》じけめやも　（4・四九一、吹芡刀自）

傍線部が序詞で、その下の「いつも」の語を同音から導いています。

同音異義から続く語を導き出す場合があります。

吾妹兒《わぎもこ》に衣《ころも》かすがの宜《ヨシ》寸《き》川《がは》因《ヨシ》も有《あら》ぬか妹《いも》が目《め》を将見《みむ》　（12・三〇一一、作者未詳）

川の名の一部にある「宜《よし》」から手段・方法の意の「因《よし》」の語を導いています。

また、比喩の意味合いから、続くことばを導き出す場合があります。[1]

み熊野《くまの》の浦《うら》の濱木綿《はまゆふ》百《もも》重《へ》成《なす》心《こころ》は雖念《おもへど》直《ただ》に不相《あはぬ》かも　（4・四九六、柿本人麻呂）

傍線部の序詞は下の「百重」ないしは「百重成《な》す」を導き出します。浦の浜木綿の実体は、植物の葉の様、植物の茎の様とか、植物ではなく浦に寄せる浪の形容など諸説がありますが、当時「浦の浜木綿」と言えば「百重成す」の句をすぐに連想させる表現だったのです。その

「浦の浜木綿」のようにという比喩から、下の表現を導くのも序詞の確かな機能です。

云〻《かにかく》に物《もの》は不念《おもはじ》斐太人《ひだびと》の打墨縄《うつすみなは》の直一道《ただひとみち》に　（11・二六四八、作者未詳）

斐太《ひだ》（飛騨）国は、匠《たくみ》（工人）でよく知られていました。墨縄とは、墨壺を通して墨を付けた糸の端を彼方に固定し糸をはじくことで真っ直ぐな線を引く大工技術です。そのように一直線にという比喩をはたらかせた、みごとな序詞になっています。歌意は、あれこれ物思いをすることはない。飛騨の匠が打つ墨縄のように、私の思いは一直線に相手に向けて行くというもので、まるで決意表明のような歌です。

このような比喩表現は、現代の短歌にも見られます。

鉄板に落としたバターが溶けてゆく私の負けは目に見えている　（名古屋市・柏木明美氏）

二〇一一年四月三日の『中日新聞』に載った「中日歌壇」（小島ゆかり氏選）の一首です。言い争いか何かで、表面的には勝敗が決まっていないのです。卓球でも囲碁でも、その勝敗は明白ですが、そうした判然とわかる形での勝負は付いていないのですが、時が経つにつれて、心の中でじんわりと自分の「負け」が確定的になって来るのです。そうした様子を、いま料理しているバターでみごとに描き切っています。ブロッコリーは厳然として形を崩していないのに、バターは見る見る姿を消して行っているのです。心象風景を目前の料理で描いている傑作です。まさにこうした表現こそが序詞なのです。「私の負け」の句を導き、それを「目に見えている」と表現しています。今に生きている「現代の序詞」と言えましょう。

（千華万葉一八三、二〇一三年六月）

〈今後へのステップ〉

（1） 井手至氏は「萬葉集の文学的用語」の「序詞」において、「類同形式反復の序詞」と「掛け詞連接の序詞」に大きく二大別し、前者は「同形異義反復」と「同形類同義反復」に、後者は「同形連鎖型掛け詞連接」と「類義連鎖型掛け詞連接」に分類する（同氏『遊文録・萬葉篇二』和泉書院、所収）。これによると、「比喩」としたものは「掛け詞連接」（類義連鎖型）の序詞に該当することになるが、「比喩」という概念把握の方が、より広範にこの序詞を捕捉し定位することが可能となる（白井伊津子氏『古代和歌における修辞』塙書房、第八章。内田賢徳氏「比喩事典」別冊國文學№46『万葉集事典』所収）。即ち、現代短歌における「鉄板に落としたバターが溶けてゆく」までも序詞として位置付けることが可能となる。このことは、萬葉歌の「み熊野の浦の濱木綿百重成心は雖念…」においても「百重なす」は類義連鎖の掛詞というよりも「浜木綿」が形成する「百重」という画像印象と「心」における「百重千重」という心象概念との重複によるものであり、「比喩」という把握理解の方が歌詠表現の実態に合致していると言える。それは「墨縄の直一道」表現においても言い得ることになる。

26　序詞の中の地名

序詞の続きで、中に地名が織り込まれた序詞を見ます。その地名は「序中地名」などと呼称されます。

淡海《あふみ》の海沈《うみしづく》白玉《しらたま》不知《しらず》して戀《こひ》せしよりは今《いま》こそ益《まされ》　（11・二四四五、人麻呂歌集）

右の歌の大意は第三句の「知らずして」以下にあり、「相手のことをよく知らないで恋慕した時よりも、相手を詳しく知った今の方が恋の思いがとても強く感じられる」と、深まる思いを詠んだ一首です。第三句「しらずして」を同音によって引き出すために「しら玉」が置かれてあり、序詞（傍線部）の意味は「近江の海（琵琶湖）の底に潜んでいる白玉のように」となります。「白玉」とは真珠をいう語であり、天然真珠は琵琶湖に無縁の存在です。これは、序詞という技巧（修辞《レトリック》）の実態をよく表しています。「○○の海沈く白玉知らずして…」という形で、○○に旅先の地名を入れれば、何処の海辺においても歌を詠むことができます。[1]それが今回は琵琶湖でたまたま破綻をきたしたことになります。

八釣川《やつりがは》水底《みなそこ》不絶《たえず》行水《ゆくみづ》の續《つぎ》てそ戀是比歳《こふるこのとしころ》を　（12・二八六〇、人麻呂歌集）

流れゆく川の水が絶えることなく続いてゆくように、恋心も変らずに永続するということをいう歌であり、「八釣川」はどこの川であってもよいわけです。おもしろいのは「水底」の表現で、恋心の比喩ゆえに、川の表面ではなく、見えにくい川底の水流にしています。

春日野《かすがの》に照有《てれる》暮日《ゆふひ》の外《よそ》のみに君《きみ》を相見《あひみ》て今《いま》そ悔《くやし》き　（12・三〇〇一、作者未詳）

夕陽が一か所だけでなく広く照らしているように、これまであなた一人に絞らずに多くの人と同様に見ていたことが後悔されるということを表現するものであり、「春日野」はどこの地名とも置換可能であるわけです。

歌の作者は地名をその場に合うように入れ替え、即興で種々対応できるのが「序中地名」あり、これほど手軽な詠法は他にないでしょう。たまたま琵琶湖で破綻をきたしたのが冒頭の歌でしたが、歌った当人は、恐らくその破綻に気付いていないことでしょう。

埴安《はにやす》の池《いけ》の堤《つつみ》の隠沼《こもりぬ》の去方《ゆくへ》を不知舎人《しらにとねり》は迷惑《まとふ》　（2・二〇一、柿本人麻呂）

高市皇子尊の殯宮挽歌の第二反歌です。仕えていた主人が亡くなり右往左往する舎人《とねり》(2)の姿を「ゆくへを知らに」（方途がわからず）と表現しています。この句を引き出すために、「隠《こも》り沼《ぬ》の」が置かれています。「隠《こも》り沼《ぬ》」とは流出口がなく、水がひっそりと停滞している沼を言います。小暗い山中の小さい沼は「隠り沼」そのものになります。しかし、この歌の「埴安の池」は香来山《かぐやま》の北麓から西麓にわたる大きな池と考えられています。高市皇子尊の宮は香来山の麓にありましたから（「香来山の宮」長歌2・一九九の第一四二句）、位置はまさしく合致しますが、広範な池を「隠り沼」と呼称することが可能かどうかは疑問です。

（千華万葉一六三、二〇一一年一〇月）

〈今後へのステップ〉

（1）『萬葉集』中に「〇〇の海沈く白玉知らずして…」に合致する他の歌は存在しないが、『萬葉集』に収載されなかった数多くの歌が想定されることをいう。「海底沈白玉…」（7・一三一七）、「海之底奥津白玉…」（7・一三二三）など、巻第七の「寄玉」（一三一七～一三二七）には「白玉」を詠む歌々が若干まとまって載る。

（2）舎人は天皇や皇族の侍従職で、今の場合高市皇子尊付きの舎人をいう。高市皇子は草壁皇子と共に「皇子尊」と呼称されることが示すように、天皇即位が確実視されていた（廣岡「阿騎野歌成立考」『萬葉形成通論』所収）。高市皇子尊が即位すれば、皇子付きの舎人は天皇付き舎人に昇格することになる。その夢が高市皇子尊薨去により一挙に烏有に帰したわけであり、その茫然自失の有様を「舎人はまとふ」と表現する。なお、長歌（2・一九九）は『萬葉集』中最長の一四九句に及ぶ。

〔コラム〕

虎の吠え声

柿本人麻呂の高市皇子尊挽歌（2・一九九）中の「虎か叫吼《ほゆ》る」の表現について、『萬葉の散歩みち・続』の中で、渡来人からの耳情報によるものかと記しましたが、これについてその後、トークィル・ダシー（Torquil Duthie）氏が「柿本人麻呂「高市皇子挽歌」の歴史性」（『上代文学』第一一七号、二〇一六年一一月）の中で井上通泰氏・小島憲之氏を引きつつ、最終的に『藝文類聚』巻三三「寵幸」条の、

戰國策曰。楚王游雲夢、結駟千乘、旌旗蔽日。野火之起若雲蜺、兕虎之嘷若雷霆。

を引き、こうした漢籍から暗示を得たとする指摘があります。この指摘に尽きると思います。ただ、楚王の「今日之遊」の描写と共に、『藝文類聚』巻九九「騶虞」条の、

河圖括地象曰。令訾野中有玉虎。晨鳴雷聲、聖人感期之興。

の例も参考になろうかと思いますが、人麻呂は異国の「虎」の吠え声について、雷鳴の大音響を思い浮かべていたようだということがわかります。

Ⅳ　歌の表現

27　たまゆら

「たまゆら」はかつて萬葉語とされていました。今は『萬葉集』からこの語が消えています。

玉響　昨《きのふ》の夕見《ゆふべみ》しものを今《けふ》の朝《あした》に可戀《こふべき》ものか　（11・二三九一、人麻呂歌集）

の初句「玉響」を「たまゆらに」と訓《よ》んでいました。西本願寺本などの新しい系統の写本に「タマユラニ」とあります。この歌、古い系統の本（次点本）は嘉暦傳承本（以下、「嘉暦本」と略称）と廣瀬本しかなくて、嘉暦本には「たまひゝき」、廣瀬本には「タマユラニ」とあり、「たまゆら」の訓が次点（古点の次の訓。本書43「梨壷の古点」参照）であることがわかります。

右の歌は柿本人麻呂歌集に由来する略体歌（本書15「恋死」参照）で「玉響昨夕見物今朝可戀物」と十一文字で書かれています。嘉暦本の二句以下は「きのふのゆふへみしものをいまのあしたはこふへきものか」とあり、廣瀬本には「みし」が「コシ」とあるだけで他は嘉暦本に同じです。廣瀬本の「こ」は「み」の草仮名からの誤写に由来するものと考えられます。

「玉響」の初句は佐竹昭広氏が「タマカギル」として二六歳の時（昭和二八年八月）に発表

し[1]、この枕詞「タマカギル」の訓が定着しています。川端康成が小説『たまゆら』を発表したのはその前の昭和二六年五月のことでした。

『萬葉集』から「たまゆら」の語は消えましたが、大江匡房《おおえのまさふさ》（一〇四一〜一一一一）の『江帥集《ごうのそちしゅう》』（『匡房集』とも）に「たまゆら」が出（四三一番）、語の存在が確認出来ます[2]。藤原定家の歌（『新古今和歌集』8・七八八、康成の小説に出る歌）にも出ています。

廣瀬本『萬葉集』は定家所伝系の写本です[3]。定家が廣瀬本の祖本に「たまゆら」の語を書き入れたのかどうかということは今後の問題として尾を引きますが、跡付けは困難でしょう（廣瀬本には定家の若干の関与が考察されています）。

問題は「たまゆら」なる語が、萬葉時代にも存在したのか、それとも平安時代の新しい語なのかということになります。

『萬葉集』には「小鈴《こすず》も由良《ゆら》に」という表現が13・三二二三（作者未詳）と19・四一五四（大伴家持）の長歌中にあり、揺れる表現「揺《ゆ》ら」はその鈴が鳴る音も表現しています。また

足玉《あしだま》も手珠《ただま》もゆらに織《お》るはたを公《きみ》が御衣《みけし》に縫《ぬ》ひも将堪《あへむ》かも　（10・二〇六五、作者未詳）

始春《はつはる》のはつねのけふのたまばはき手《て》にとるからにゆらくたまのを　（20・四四九三、家持）

ともあります。また別に、長歌中に、「玉もゆららに」（「玉毛湯良羅尒」13・三二四三、作者未詳）

という句もあります。
こうした言語情況を考えますすと、萬葉時代に「たまゆら」という語自体が存在しなかったとは言いきれないと考えられます。

（千華万葉二〇三、二〇一五年二月）

〈今後へのステップ〉
（1）佐竹昭広氏「音と光――「玉響」解読の方法」（京都大学『國語國文』第二二巻第八号、一九五三年八月。佐竹昭広集第二巻『言語の深奥』所収）。
（2）『角川古語大辞典』に「たまゆら」の語の用例が載り、『新編国歌大観』第三巻に「たまゆら」の用例が少なからず確認できる。
（3）廣瀬本『萬葉集』と藤原定家とに関わり、以下の論考が参考になる。山崎福之氏「「定家本萬葉集」攷一――冷泉家本『五代簡要』書入と広瀬本」（西宮一民編『上代語と表記』おうふう、二〇〇〇年一〇月）。寺島修一氏「御子左家相伝の『万葉集』の形態」（『武庫川国文』第六五号、二〇〇五年三月）。田中大士氏「廣瀬本万葉集とはいかなる本か」（『関西大学アジア文化研究センター　ディスカッションペーパー』第八号、二〇一四年三月）。

28　対詠の歌

『萬葉集』巻第二の相聞に見られる男女のやりとりには、相手の歌の表現を受けつつ見事に切り返してゆく巧みな歌があります。(1)

あしひきの山《やま》のしづくに妹待《いもま》つと吾立所沾《われたちぬれ》山《やま》のしづくに　（2・一〇七、大津皇子）

吾《あ》を待《ま》つと君《きみ》が沾《ぬれ》けむあしひきの山《やま》のしづくに成《なら》ましものを　（2・一〇八、石川郎女）

この歌の前や後に見られる贈答歌には、いずれも相手の歌詞を受け、それらの語を梃子《てこ》にして巧みに切り返しています。こうした巧みな返歌に対して、「紫の恋」とも称される次の歌のやりとりはどういうことになるのでしょうか。

茜草《あかね》さすむらさき野逝《のゆき》標野《しめの》行《ゆき》野守《のもり》は不見《みず》や君《きみ》が袖《そで》ふる　（1・二〇、額田王）

紫草《むらさき》のにほへる妹《いも》をにくく有《あら》ば人嬬故《ひとづまゆゑ》に吾戀《われこひ》めやも　（1・二一、大海人皇子）

受けているのは「むらさき」の語だけです。他に「茜草」に対応する「紫草」の文字表記がありますが、表記は当人のものかどうかは明らかでありません。二首は歯車がしっかり噛み合った応酬とはなっていません。対詠表現として、これをどのように理解すれば良いのでしょうか。

大夫《ますらを》や片戀将為《かたこひせむ》と嘆《なげけ》ども鬼《しこ》のますら雄《を》尚戀《なほこひ》にけり　（2・一一七、舎人皇子）
嘆《なげき》つつ大夫《ますらをのこ》の戀《こふ》れこそ吾結髪《わがゆふかみ》の漬《ひち》てぬれけれ　（2・一一八、舎人娘子）

例えば右の贈答では、しっかりした男子たるもの片恋などするものかと思いはするが、武骨な男子ながら、やはり恋い焦がれてどうにもならない、という男の訴え歌に、女は相手の語を受けつつ、私の結う髪が湿ってほどけて困っていたが、それはあなたの嘆きの吐息(2)のせいなのだと今わかりましたと訴えを受け止めた歌を返しています。

歌の贈答において、通常はまず男が先に歌を贈り、対して女が応じるということになっており、そういう返歌の場合、詞の上での「切り返し」という手段が有効に働いてゆくのは当然です。しかし、蒲生野贈答の場合には、まず女性（額田王）から詠みかけています。

額田王の贈歌は、野の番人に見られるではないかという、揺さぶり心を相手にぶつける形での詠歌になっています。対して、大海人皇子の答歌は、いちおう詞の上では「むらさき」の語を受けつつも、心憎くは思っていないからの行為であると、心の底を大きく示した内容となっています。このように、歌意で真正面から応じることが、うまく歌い得たならば、功を奏するものとなります。その意味において、大海人皇子の返歌は、歌柄の大きな歌であり、贈答対応がうまくかみ合ったものになっていると言えましょう。

（千華万葉一九三、二〇一四年四月）

〈今後へのステップ〉

（1）鈴木日出男氏「女歌の本性」（19「含羞の切り返し」注3、七〇頁、参照）。

（2）寒い冬の大気では息を吐き出すと白く見える。恐らくこうした連想からであろうと見られるが、思慕・恋慕の吐息は、距離が遠く隔たっていても霧となって立ち籠めると往時は発想した。伊藤博氏はこれを「嘆きの霧」と名付けている（伊藤博氏『萬葉のいのち』塙新書、塙書房、一九八三年六月）。伊藤博氏はこの中で当該歌は出していないが、5・七九九、12・三〇三四、14・三五七〇、15・三五八〇、三六一五の歌例を掲出する。当歌については「抜け風の源流」（『萬葉のいのち』所収）の中で「嘆きの霧」に言及する。

29　にほへる妹

「匂ふ」とは染色用語で、丹（赤色）がよく映えるという意味であり、[1]派生して、（赤色に限らず）色美しいという意味になります。萬葉当時は嗅覚の意味はまだありませんから、何らかの香がするというのではありません。

「28対詠の歌」で、大海人皇子の「紫草のにほへる妹」の歌（1・二一）を見ました（妹《いも》は恋人・妻の意）。この「紫草《むらさき》」という書き方は、一首前の額田王の「茜草《あかね》」に、文字の上で対応させているものであり、作者大海人皇子その人の用字では恐らく無いでしょう。一首としては、植物をさしての表現ではなく、色としての「むらさき」をさしているのですから、「紫」あるいは「牟良佐岐」などと書くのが良いことになります。[2]

「むらさきのにほへる妹」について、一般には「紫の色の照り映えるやうに、艶に美しい妹」（澤瀉氏『注釈』）などとしています。私はこれを服飾の色にもとづいた表現[3]であると見ています。蒲生野遊猟の日、額田王が紫の衣服を身に着けていたことは、「衣服令」から判明することを書きました。その身に着けている衣服の色のように高貴で美しいあなたという意味になるわけです。

類同の表現が作者不明歌にあります。

山振《やまぶき》のにほへる妹《いも》がはねず色《いろ》の赤裳《あかも》のす形《がた》夢《いめ》に所見《みえ》つつ
（11・二七八六、作者未詳）

ツーピースの上着が「衣《ころも》」、ロングの巻きスカートが「裳《も》」で、上下合わせて「衣裳《いしょう》」となります（「衣装」は代用漢字表記）。

ユスラウメ（廣岡旧宅にて）

「ヤマブキのにほへる妹」とは、その上着（衣）が山吹色であり、その色が映えて美しい彼女という描写です。

「はねず色の赤裳」のハネズは「唐棣花」「朱華」とも書き、今の庭梅《にわうめ》の花を言います。ユスラウメはこの近縁種です。この色名ハネズ色は、その花の色から淡紅色即ちピンク色を言います。「赤裳」の「赤」という範疇に含まれる語です。

この一首は「夢に見えつつ」とあり、そういう衣裳を身にまとった彼女のあで姿を夢に何度も見るというのです。私が見る夢は決まって白黒映像ばかりですが、この歌は何とも羨ましいかぎりであり、彩りのある夢を見たというのです。「つつ」は反復を意味します。ところで、ハネズ色は褪せやすい（心移りしやすい）色として萬葉に出てきます。(4) 一方、ヤマブキはその花がもつ徳だと思うのですが、歌には良い文脈でのみ描かれます。しかし、現実のヤマブキの花を観察しますと、太陽光を受けて数日で色褪せて白くなってゆく、はかない花としてあります。

山吹とハネズを詠むこの歌は、彼女の美しさだけではなくて、彼女や恋のはかなさを暗示している一首なのでしょう。

（千華万葉一九四、二〇一四年五月）

〈今後へのステップ〉

（1） 大野透氏は「ニホフ」は「土《ニ》覆《オホ》フ」の略（オホはオ列音連接の為にオが脱落）とする。同氏「匂―漢字の変体としての和字―」（『國學院雜誌』第七八巻第六号、一九七七年六月）。

（2） 廣岡は「額田王関係歌稿」について、ＡＢＣＤの四種の歌稿から成ることを明らかにし、題詞形式から二〇番歌は歌稿Ｂ、二一番歌は歌稿Ａに属するとした。「茜草」「紫草」という筆記上の共通性が見られるのは、宴の席における史生の手に由来する可能性がある。その記録詠歌は、別々の伝来過程を経たものと見られる。廣岡「初期萬葉の資料」（『萬葉形成通論』和泉書院、二〇二〇年二月）。

（3）「むらさきのにほへる妹」における服飾上の色のことについては、廣岡『万葉の歌8滋賀』（保育社、一九八六年五月、五八〜五九頁）で言及した。その後、土佐秀里氏「紫草のにほへる妹」（『律令国家と言語文化』汲古書院、所収。初発、二〇一四年二月）が若干言及する。

（4）『萬葉集』に出る「はねず」を詠んだ歌は、当該歌以外に、左の三首になる。

不念《おもはじ》と曰《いひ》てしものを翼酢色の變安《うつろひやす》き吾意《あがこころ》かも　（4・六五七、大伴坂上郎女）

夏儲《なつまけ》て開有《さきたる》波祢受ひさかたの雨うち零《ふら》ば将移《うつろひなむ》か　（8・一四八五、大伴家持「唐棣花歌一首」）

唐棣花色の移安情《うつろひやすきこころ》有《あれ》ば年《とし》をそき経事《ふること》は不絶《たえず》て　（12・三〇七四、作者未詳）

二重傍線部はいずれも「はねず」或いは「はねずいろ」が提示され、その下の傍線部にそれぞれ「うつろふ」の関連語が見られる。

30　たまたすき

天平五年（七三三）四月三日に遣唐使船四隻が難波から出航しています（『続日本紀』）。遣唐大使は多治比広成でした。出航一か月前の三月一日に、大使は山上憶良宅へ出向き、先輩に挨拶しています。憶良は三〇年前の大宝二年（七〇二）に遣唐少録として入唐、時に四三歳でした。この入唐使の経験が出世の足がかりとなり、最後は筑前守を務めました。この天平五年時は全ての役職を了え、都の自宅で療養中の七四歳でした。多治比広成は見舞いを兼ねて訪れ、現地事情のあれこれを聞いたものと見られます。その二日後に憶良は「好去好来歌」（5・八九四〜八九六）を多治比広成に献上します。その後、六月三日付の作品（老身重病歌、5・八九七〜九〇三）を最後に、憶良は『萬葉集』から姿を消しています[1]（逝去とみられます）。

天平五年時の遣唐使送別歌に、作者不明の長反歌（19・四二四五〜四二四六）と阿倍老人の歌（19・四二四七）も伝誦された形で残っています。別に、母親から息子への長反歌（9・一七九〇〜一七九一）があり、特にその反歌はよく知られています。

客人《たびびと》の 宿《やどり》将為《せむ》野《の》に霜降《しもふら》ば吾子《あがこ》羽裹《はぐくめ》天《あめ》の鶴群《たづむら》

（反歌、９・一七九一）

右以外に天平五年時の作として、笠金村《かさのかなむら》による送別の長反歌があります。

玉手次《たまたすき》　不懸時無《かけぬときなく》　気《いき》の緒《を》に　吾念公《あがおもふきみ》は　うつせみの　世《よ》の人有《ひとなれ》ば　大王《おほきみ》の　命恐《みことかしこ》み　夕去《ゆふされ》ば　鶴《たづ》が妻喚《つまよぶ》　難波《なには》がた　み津《つ》の埼従《さきより》　大舶《おほぶね》に　二梶繁貫《まかぢしじぬき》　白浪《しらなみ》の　高荒海《たかきあるみ》を　嶋傳《しまづたひ》　い別往《わかれゆか》ば　留有《とどまれる》　吾《あれ》は幣引《ぬさひき》　齋《いはひ》つつ　公《きみ》をば将待《またむ》(2)　早還《はやかへり》ませ

（長歌、８・一四五三。反歌二首、略）

女性の立場に身を置いての作は、彼の他の作品の歌い方と通底するものです。送別の宴で披露するために依頼されての作品であろうと見られます。枕詞「たまたすき」は、「懸《か》く」（心にかける）を導く語に過ぎないと一般には片付けられますが、この長歌の歌い出しは作者笠金村にとって、大きな効果を意図した枕詞に違いないと考えられます。

タスキをかけた巫女埴輪
（東京国立博物館蔵）

「たすき」とはどういうものでしょうか。現在では作業をする時に、効率よく動くことが出来るように掛ける紐を言いますが、古代の形と使用法は違っています。古代のタスキは埴輪によって確認することが出来ます。現在、駅伝リレーで襷を肩から掛け、手渡しています。あの形が古代のタスキに近いと思えば、大きくは違いません。用法は、『時代別国語大辞典・上代編』が「主に神を祭るときに用いるもの」と明示している通りで、祭祀の文脈で使用されます。埴輪例も巫女埴輪になります（前頁、写真(3)）。

笠金村長歌冒頭の「たまたすき」は、単なる枕詞ではなく、日常的に神に祈りを捧げている女性の姿を描いていると見られます。作品中の女性の精神性を「たまたすき　懸《か》けぬ時なく　気《いき》の緒《を》に　吾《あ》が念《おも》ふ公《きみ》は…」と作品の冒頭部で描き、長歌の結びの「留有《とどまれる》　吾《あれ》は幣引《ぬさひき》斎《いはひ》つつ　公《きみ》をば将待《またむ》」の表現と首尾照応させます。まさに実意のある枕詞(4)になります。なお「幣引《ぬさひき》」の「引く」という実態はよくわかりません。神に捧げる一種の形と見ておきます。

この一首は、女性の立場になりきっての笠金村（男性）の作で、枕詞「たまたすき」により、その女性像を日常の精神性まで描き出し、巧みに描ききっています。

（千華万葉二二二、二〇一六年九月）

〈今後へのステップ〉

（1）山上憶良の年代の明確な最後の歌は示した「5・八九七～九〇三」になるが、辞世歌と見られる「山上臣憶良沈痾之時歌」と題された一首が別にある。

士《をのこ》やも　空應《むなしくあるべき》萬代《よろづよ》に　語續可《かたりつぐべき》名《な》は不立《たてず》して　（6・九七八、山上憶良）

山上憶良は『萬葉集』に自分の名が載り伝えられるとは思いもしておらず、百姓（人々）のためにこれといった施策も立てられなかったと後悔しての一首である。歌の左に簡単な注記がある。

（2）この箇所の本文、『萬葉集』写本には「将往」とある。原文のままの各種の訓があるが、『萬葉代匠記』精撰本の「将待」とする誤字説による。最近の諸注は多く誤字説に拠る。

（3）埴輪写真は、群馬県群馬郡箕郷町《みさとまち》（現、高崎市箕郷町）出土。東京国立博物館蔵。他に、京都府塩谷五号墳出土の巫女埴輪でも確認できる（『古代史発掘'88～'90』アサヒグラフ編新遺跡カタログVol.3〈朝日新聞社、一九九一年七月〉一二八・一三〇頁）。風俗博物館（京都市下京区堀川通新花屋町下る）のホームページでは、「たすきを掛ける古代の巫女」の画像を見ることができる（「風俗博物館」→「日本服飾史　資料」→「古墳時代」→「たすきを掛ける古代の巫女」）。

（4）枕詞は単に形式的に或る特定の語を導き出し、一首の歌意に直接関与しない場合が少なくは無いが、歌の中で有効に機能する「実意のある枕詞」も少なくは無い。枕詞の機能からは、一首中に歌意として有効に働いたのが本来の姿であろう。用言型の枕詞や被枕が用言である枕詞、また孤例の枕詞は「実意のある枕詞」が少なくない。枕詞は廣岡『上代言語動態論』（塙書房、二〇〇五年一一月）、参照。

〔コラム〕

真葛延ふ春日の山

「真《ま》葛《くず》延《はふ》春日《かすが》之《の》山《やま》者《は》」と書き出される萬葉歌（6・九四八）があります。春日山には葛が生えていたのです。諸注は「枕詞的修辞」とか、「葛が這い広がっている」という訳で済ませ、何の疑問も抱いていません。春日原生林と呼ばれる春日山もその麓は、若草山のように樹が生えていなかったのではないかと見られます。樹が生えていないとは、焼畑農業の名残りになります。人が焼き畑を行う前は原生林そのもののはずです。大塚啓二郎氏著『消えゆく森の再生学』（講談社現代新書、一九九九年一一月）を読むと、そこにはアジア・アフリカの焼き畑農業の実態が記され、それはかつての日本の姿でもあったに違いないことが髣髴とします（『出雲国風土記』にはその事例が何例か見られます）。

　春日大社の歴史は古くはなくて、元来は常陸国香島郡（鹿島郡）を地盤にしていた中臣氏が移り住んだ地が春日になります。それ以前は、現地住民によって開墾されていた地であり、春日山もその山麓部は若草山同様の焼き畑地であったであろうことが、この「真葛延ふ春日の山」の表現から浮き彫りになって来ます。

31　朝蒔きし君

見出しに「朝蒔《あさま》きし君《きみ》」としましたが、君が何を蒔いたのだろうと思われることでしょう。これは一首を掲げても同じことになります。

蜻野《あきつの》を人《ひと》の懸《かく》れば朝蒔《あさまき》し君《きみ》が所思《おもほえ》て嗟《なげき》はやまず　（7・一四〇五、作者未詳）

しかし、歌の分類に「挽歌《ばんか》」とあることを示しますと、状況が変って来ます。「挽歌」とは人の死を悼《いた》む歌を言います。この歌は散骨《さんこつ》[1]の歌なのです。君が蒔いたのではなくて、私が朝に蒔いた君の骨のことを歌っていることになります。火葬が仏教の導入と共に、既に定着されつつありました。

玉梓《たまづさ》の妹《いも》は珠《たま》かもあしひきの清山邊《きよきやまべ》に蒔《まけ》ば散《ちり》ぬる　（7・一四一五、作者未詳）

玉梓《たまづさ》の妹《いも》は花《はな》かもあしひきの此山影《このやまかげ》にまけば失《うせ》ぬる　（或本歌、7・一四一六、作者未詳）

右のような歌もあります。やはり散骨の歌であり、妹《いも》（妻・いとしい人）を「珠《たま》か」「花か」と歌うことで、嘆き悲しんでいる男歌です。

日本における火葬の初例は、文武天皇四年（七〇〇）三月の道昭（道照）和尚であり、『続日本紀』には「天下の火葬此《これ》より始まれり」と記されていますが、考古学の成果はより早くからの事例があることを教えてくれます。天皇では持統天皇が初例（七〇三年）になります。

死とは肉体の滅びに他ならず、魂は永続するものというのが日本古来の観念であることは、「あくがる」（『萬葉の散歩みち・下』所収）に書きました。霊魂不滅の思念です。土葬ではなく遺体を焼くことは、心の上での切替えが必要であったことと考えられます。そういう意味において、火葬には異常死の場合があったと考えられます。異常死（若死）や入水等の事故死の場合には、体内に悪霊がこもっている故との思いから、その悪霊を追い出すために火葬にしたと見られます。この世に未練が残らないようにという思いもあったことでしょう。

最初の歌に戻ります。「蜻野《あきつの》」は「蜻蛉野《あきつの》」の略記です。『日本書紀』に雄略天皇に関わるアキツ説話（アキツはトンボの古語）が載る吉野の秋津《あきつ》の地と考えられ、この地の一角に火葬の場があったようです。

上句《かみのく》の「懸《か》く」とは「口《くち》にかく」ことであり、誰かがこの「蜻蛉野」のことを話題にしたというのです。火葬の話題とは限りません。何かのことで吉野の秋津の地が話に出て来たのです。「朝蒔きし」も今朝蒔いたとは限りませんし、一年前かも知れませんし、何年も以前のことかも知れません。その別れの哀しみが地名アキツノで鮮やかに思い出されたのです。

渡瀬昌忠氏は『萬葉集全注・巻第七』で「太陽がのぼろうとする朝は、死者との別れの時刻であった」としています。[2] 散骨の朝の嗟嘆が今も尾を引いているのです。

（千華万葉二〇七、二〇一五年六月）

〈今後へのステップ〉

（1）渡瀬昌忠氏『萬葉集全注・巻第七』の一四〇四番歌条には「火葬の歌」として、火葬の事例が挙げられ、当該歌の一四〇五番歌条には「散骨について」として、散骨の実態事例と該当法令が引かれていて、詳しい。

（2）渡瀬昌忠氏が「朝は、死者との別れの時刻」とするのは「朝参」「朝政」との関係からであるが（『柿本人麻呂研究　島の宮の文学』桜楓社、一九七六年一一月。渡瀬昌忠著作集・6『島の宮の文学』所収）、それ以上に「夜の葬儀」ということが関係していると見られる。『萬葉集』で確認できるのは志貴親王葬送の挽歌（2・二三〇～二三二）である。他に『北野天神縁起』（承久元年〈一二一九〉成立）があり、『絵巻物による日本常民生活絵引』新版・第一巻（澁澤敬三氏・神奈川大学日本常民文化研究所編、平凡社、一九八四年八月）の「144葬送」条に、夜の野辺送りの様が描かれ、その解説に「古くは葬送は夜間におこなわれ、少数の人びとによって埋葬地へ運ばれた」（一九一頁）とある。

32　かれる身

大伴家持の歌に次のような一首があります。

みつぼなすかれる身《み》そとはしれゝどもなほしねがひつちとせのいのちを　（20・四四七〇）

「身」の字以外は萬葉仮名で記されています。漢字を宛てると次のようになります。

水粒成《みつぼなす》かれる身《み》そとは知《しれ》れども猶《なほ》し願《ねがひ》つ千年《ちとせ》の命《いのち》を

歌の前に「壽を願ひて作れる歌一首」とあります。「壽」とは天から与えられる命の長さ（寿命）を言い、山上憶良は「人壽一百二十年」（5・八九七、長歌注）と書いています。家持はこの憶良注記をよく知っていながら、千歳を希望しているのですから、欲張りと言えましょう。「水粒成す」（水泡のようだ）は、鴨長明が『方丈記』の書き出しで人生をウタカタ（泡）とみなしている、その先駆けになります（次に示す『涅槃経』や憶良歌が先蹤）。

このように書きますと、家持の一首は、観念的で単純な歌だと思われることでしょう。

傳聞、假合之身易滅、泡沫之命難駐。　（5・八八六序、山上憶良）

伝《つた》へ聞《き》く、仮合《ケガフ》の身《み》は滅《き》え易《やす》く、泡沫《ハウマチ》の命《いのち》は駐《とど》め難《がた》し、と。

汝今善知一切諸法。…（中略）…如泡沫…（下略）…　（曇無讖譯『涅槃經』[1] 北本四十巻本）

汝今、善く一切諸法の……泡沫の如く……を知ること……

水沫《みなわ》なす微《もろき》命《いのち》も栲縄《たくなは》の千尋《ちひろ》にもがと慕《ねがひ》くらしつ　（5・九〇二、山上憶良）

倭文手纏《しつたまき》数《かず》にも不在《あらぬ》身《み》には在《あれ》ど千年《ちとせ》にもがとおもほゆるかも　（5・九〇三、山上憶良）

ツキクサ（月草）。現代名、ツユクサ。2002.6.6.　朝に咲き、午後にはしぼむので、はかない命に喩えられる（次頁）。

右の次第であり、なるほど家持が「千年」を願ったのだということがわかります。家持歌の「かれる身」とは、「仮合の身」の翻案であるとされ、「仮《かれ》る身」の字が宛てられ、人の世のはかない存在を表現したもので、「世間虚仮《セケンコケ》」の無常の表現と判を押したように書かれます。

しかし、そうなのだろうかと私は思います。「31朝蒔きし君」に書いておりますように、魂は永続するものであるという思念がありました。不滅の魂が一時的に人の身を借りているというのが家持の「かれる身」

の意味ではないかと考えます（「る」は存続の意の助動詞「り」で、「かれる」は「かりている」の意）。
次の歌には「借有命《かれる》」という表現があります。

月草《つきくさ》[2]の借有命《かれるいのち》に在人《あるひと》を何《いか》に知《しり》てか後《のち》も将相《あはむ》と云《いふ》

（11・二七五六、作者未詳）

「仮」ではなくて「借」なのです。実は「借有身」という表現を家持自身がしています。

…（上略）…うつせみの　借有身《かれるみ》在《なれ》ば　露霜《つゆしも》の　消去《けぬる》が如《ごと》く…（下略）…（3・四六六、家持）

亡妾挽歌（長歌）の一節です。「うつせみ」とは、現に生きているこの世の人の意であり、その肉体に一時的に宿っている魂という発想です。ここに家持の霊魂観が伺えます[3]。

（千華万葉二〇八、二〇一五年七月）

〈今後へのステップ〉

（1）四十巻本の北本で当時一般的に利用された『大般涅槃經』No. 0374。引用は「光明遍照高貴徳王菩薩品」で「善男子。汝今善知一切諸法。如幻如焰如乾闥婆城畫水之跡。亦如泡沫芭蕉之樹空無有實。非命非我無有苦樂。如十住菩薩之所知見。」（『大正蔵』一二巻四八八頁下13～16行）。なお不空譯『大集大虚空藏菩薩所問經』No. 0404は、『大日古』の天平一四年以降に見え、それ以前に将来されていた可能性がある。それには「身如朝露水上泡」（『大正蔵』一三巻六三三頁上19行）とある。「假合之身」は、法賢譯『佛説衆許摩訶帝經』No. 0191に「假合之身衆病所集」（『大正蔵』三巻九四三頁下15行）、法賢訳『佛説瑜伽大教王經』No. 0890に「不了四大假合身」（『大正蔵』一八巻五八〇頁上16行）とあるが、『大日古』の正倉院文書に確認できない経典であり、直接の関係は云々出来ない。

（2）前頁にツキクサの写真を掲げ、「朝に咲き、午後にはしぼむ」とし「はかない命に喩えられる」としたことを詠む萬葉歌は次の一首。

朝開夕《あしたさきゆふへ》は消《け》ぬる鴨頭草の可消戀《けぬべきこひ》も吾《あれ》は為《する》かも　（10・二二九一、作者未詳）

またツキクサは、「6移ろふ色」で「7・一三三九」の歌を出した（二六頁）。ここに、ツキクサによって「うつろふ」（変わりやすい心）を詠む他の四首を掲げる。

月草の徙安《うつろひやす》く念《おもへ》かも我念人《わがおもふひと》の事《こと》も告不来《つげこぬ》　（4・五八三、大伴坂上大娘）

月草に衣《ころも》は将揩《すらむ》朝露《あさつゆ》に所沾《ぬれ》ての後《のち》は徙《うつろひぬ》去とも　（7・一三五一、作者未詳）

内日刺宮《うちひさすみや》には有《あれ》ど鴨頭草の移情《うつろふこころ》吾思《あがおもは》なくに　（12・三〇五八、作者未詳）

百《もも》に千《ち》に人《ひと》は雖言《いふとも》月草の移情《うつろふこころ》吾将持《あれもため》やも　（12・三〇五九、作者未詳）

（3）鉄野昌弘氏に「『万葉集』「泡沫」考」（『國學院雑誌』第一一六巻第一号、二〇一五年一月）がある。当草稿の金雀枝事務局への原稿提出は二〇一三年八月。「かれる身」については考えが異なるが、「泡」と「沫」の違い、「みつぼ」に関する考察など、当稿と関わる箇所が少なくない。参照されたい。

33　宝玉溢れる庭

『萬葉集』巻第十は四季に分類され、『古今和歌集』の四季歌巻の手本とされた巻です。その巻第十の「秋雑歌」の中に、「詠月」として歌七首が載っています。古代人は信仰の関係(1)から星をほとんど歌わないと指摘されていますが、月は別であり、よく詠まれます、その一首。

吾《わが》せ子《こ》が挿頭《かざし》の芽子《はぎ》に置露《おくつゆ》を清《さやか》に見《み》よと月《つき》は照《てる》らし　(10・二二二五、作者未詳)

訪ねて来た男性を「吾せ子」と詠んでおり、女歌であることがわかります。男は頭髪に花を付けた萩《はぎ》(2)の枝を飾っていました。粋な男の所作です。道すがらに手折った一枝になります。女は、その萩に置いた露に気付いたのです。暗くて小さくて見えないはずの露ですが、男の動きに合わせて光を発したのです。月光をみごとな優美さで描いています。月は、月そのものが美しい存在としてありますが、それを別の角度から描いていて、みごとです。

白露《しらつゆ》を玉《たま》に作有九月《なしたるながつき》の在明《ありあけ》の月夜《つくよ》雖見《みれど》不飽《あかぬ》かも　(10・二二二九、作者未詳)

巻第十は人麻呂歌集以外は、作者未詳の歌ばかりで、この一首も作者未詳です。天平期の官人とその周辺の人々であることが歌の表現からわかります[3]。巻第十編集の際に作者名と詠作由来を削除してしまったものと考えられます。第二首に同様の情景が描かれていますが、先の歌とは別人の可能性があります。「月夜」には、月が照っている夜の意味と共に、月そのものをいう場合があり、今は後者です。「在明の月」（有明月）は、旧暦十六日以降の月で、東の空がほのぼのと白んで来てもなお西空に残っている月を言います。

この歌では月光をめでて夜を明かしていたと見られます。一人でというのではなく[4]、恐らく隣に人がいて、語り明かしたのでしょう。薄明るくなって来て気付くと、庭のあちこちに露が一杯置いています。それを西に傾いた月の光が浮かびあがらせていたのです。別の言い方をしますと、露の一つ一つに月が宿っていて、光り輝いていました。「玉になしたる」とは、そういう情景を言うものでしょう。「玉」とは真珠や宝玉を言います。一つというのではなく、庭全体が光り輝き、日常の光景とは全く違う景に、あっと驚いたのです。月がもたらした自然の美の極致になります。「見れど飽かぬかも」とは、見て満足したというのではなく、この有様がずっと永遠に続いてほしいと願う思いの表現としてあります。『萬葉集』には、こういう美しい歌がひっそりと宿っています。まさに萬葉版の「美の存在と発見[5]」です。

（千華万葉二二四、二〇一六年一一月）

〈今後へのステップ〉

（1）『説文解字』に「萬物之精、上爲列星」（「星」条、七篇上）とあり、『和名抄』も引用する。

（2）「萩」は国字（本邦で作られた用字）で、『萬葉集』には一例も使用されていない。「波疑《はぎ》」のような萬葉仮名例は除いて、『萬葉集』には「芽」一二例、「芽子」一二〇例。この「芽《はぎ》」字について、木村正辭氏『萬葉集訓義辨證』に「芽ノ字をハギと訓メるは、これも皇國に製造《ツク》れる文字なり、其は此曲牙《キバ》の形に似たり、故に从レ艸从レ牙て芽とはかけるにて、古人會意の字なり」（下巻七六頁）とある。ハギの花の形が牙にそっくりなので「草冠＋牙」の意味で「芽」の字を作ったものであり、「メ」ではなく「ハギ」の国字だという説明。「芽子」の「子」は「椅子」の類の助辞。山上憶良提唱（8・一五三七〜一五三八）になる「秋の七種《ななくさ》」の一つ。「秋の七種」はいずれも初秋の景物である。

（3）中川幸廣氏が『萬葉集』巻第十一、巻第十二の作者層について指摘し、同じことは巻第十の作者未詳歌にも該当すると見てよいことを二〇頁（1）で記した。

（4）「一人でいたのではない」とした。当時、夜は魑魅魍魎の支配する時であり、一般に出歩かなかったが、月の夜頃は別であった。このことを金子元臣氏は『萬葉集評釋』の「4・七六五」条で、

（月の夜頃は）戀の訪問に浮身をやつす男達の有卦に入る期間である。

と指摘する。

（5）川端康成に『美の存在と発見』（毎日新聞社、一九六九年七月。ビリエルモ氏英訳）がある。ノーベル文学賞受賞記念講演が『美しい日本の私』現代新書（講談社、一九六九年三月。サイデンステッカー氏英訳）であり、その続篇の趣きになる。ハワイ大学ヒロ分校での公開講義の収録。

34　瀬と淵と

川の「瀬」は水の浅いところを言い、対して「淵」とは深いところを言います。

明日香川七瀬《あすかがはななせ》の不行《よど》に住鳥《すむとり》も意有《こころあれ》こそ波不立《なみたてざら》め　（7・一三六六、作者未詳）

「よど」とは、水が停滞気味で流れて行きにくい所を言います。後には「淀」の字で書きますが、この箇所の「不行」以外は一字一音の萬葉仮名ばかりで書かれています。「不行」は水の停滞を示す用字です。「七瀬のよど」(1)の「七」は数が多いことを言います。ここに見える「瀬」と「よど」とは両立する語でしょうか。平安時代の事典『和名抄』(2)には「淀」の語について「淵《ふち》の如くして浅き処なり」とあり、瀬に淀む所はあり得るということになります。「潭《ふち》」の語は『倭名抄』に「深き水なり」とあります。それでは『古今和歌集』の、

世中《よのなか》はなにかつねなるあすかゝはきのふのふちそけふはせになる　（18・九三三）

という「読人しらず」の歌をどう理解すればよいのでしょうか。そもそも小川である明日香川に深い淵が存在するのでしょうか。

次のような萬葉歌があります。

明日香川《あすかがは》湍瀬《せぜ》に玉藻《たまも》は雖生有《おひたれど》しがらみ有《あれ》ば靡《なびき》あへなくに　（7・一三八〇、作者未詳）

歌意は、明日香川の浅瀬に川藻が美しく生えているが、シガラミがあるので、川の流れに靡くということが無いというのです。この歌は、かつて「しがらみ」（新典社新書『萬葉の散歩みち・下』）で見たことがあります。シガラミ（堰《せき》）によって川に水がプールされて、澱《よど》んでいるという光景です。

明日香川《あすかがは》しがらみ渡《わた》し塞《せか》ませば進《ながる》る水《みづ》ものどにか有《あら》まし　（2・一九七、柿本人麻呂）

とも歌われています（長歌「明日香皇女挽歌」の第一反歌）。これは、今は「しがらみ」がなくて水の流れは早いが、もし「しがらみ」で水が塞き止められていたならばと仮想することで、早く流れ行く川の水を嘆き、川の名を有する皇女の早い死を悼んでいる挽歌です。

このように、明日香川にはシガラミが作られ、水がプールされることがありました。何のためでしょうか。一つは、田地への用水確保が考えられます。今一つの目的として、水運が考えられることを、かつて「舟の川上り」（『萬葉の散歩みち・下』）で見ました。あの明日香川に船が上って来ていたのです。井堰《しがらみ》を作って水をプールし、溜まれば上流まで舟を進ませます。また舟の下手に堰を作って上流へと舟を進ませます。パナマ運河の閘門《こうもん》方式で、舟を上流へ上流へと進ませたのです。これは明日香川だけのことではありません。
　話を『古今和歌集』の歌に戻しましょう。「昨日《きのふ》の淵《ふち》ぞ今日《けふ》は瀬《せ》になる」とは、このシガラミという井堰機能を描いているのに違いありません。田地への用水にしろ、水運にしろ、その用途が済めば、井堰は放たれます。そうすれば、深かった淵はたちまちにして元の瀬に戻ってしまいます。都が平城に移って以降は、主に農地灌漑用の井堰《しがらみ》であったことでしょう。

（千華万葉二〇一、二〇一五年一月）

〈今後へのステップ〉

（1）数詞の複合形については『高橋氏文註釈』（上代文献を読む会編、翰林書房、二〇〇六年三月）の六二～六三頁に記した。参照されたい。

（2）源　順《みなもとのしたごう》（九一一～九八四）が承平四年（九三四）頃に編んだ国語辞典的性格を有する百科事典で『倭名類聚抄《わみょうるいじゅうしょう》』が正式名称。略称『和名抄』。「淀」の項目は二十巻本は見出しのみで本文が欠けており、十巻本は『古写本和名類聚抄集成』第二部（馬渕和夫氏編著、勉誠出版、二〇〇八年八月）では項目自体が欠けている。今、狩谷棭斎の『箋注倭名類聚抄』（臨川書店、一九六八年七月）の補訂本文に拠った。引用箇所の原文は「澱、與淀古字通。如淵而淺處也」（巻一、水土類、五三ウ「淀」条）とある。

〔コラム〕

郎女・郎子

「いらつめ・いらつこ」という呼称語があります。語構成は「いら‐つ‐め」「いら‐つ‐こ」と推測出来ますが、「語源に手を出すな」の教訓通り、深入りを避けます（『古代語を読む』Ⅰや、『日本国語大辞典』第二版「語誌」等に若干の言及があります）。

女郎と郎女に違いを見る論がありますが『時代別国語大辞典・上代編』の「「女郎」は漢籍に見えるが、「郎女」はないという。「郎女」は、漢籍の「女郎」から思いついた用字であろうが、上代文献の「女郎」と「郎女」の間には違いはない」に尽きます。なお『古典基礎語辞典』（大野晋氏編、角川学芸出版）が詳しいです（執筆、古川のり子氏）。

「笠女郎」は『萬葉集』の巻第三・四・八の題詞に全四回出ますが写本レベルでも表記に異動は無く、「大伴坂上郎女」は種々の略称等の変容形を含みつつ『萬葉集』中に五五件五九例検出出来ますが、省文例は別として、写本に用字異動はありません。

往古から「いらつめ・いらつこ」の称があり、「いらつめ」に漢語「女郎」を宛て、定着後に上下転倒の「郎女」も使用され、その後に漢語風の「郎子」の表記が成ったものと考えられます。『古事記』『日本書紀』の各例も編纂時の用字と見られます。

V 歌の背景

35　放れ駒

馬を歌った歌があります。

妹《いも》が髪上竹葉野《かみあげたかはの》の放駒《はなれごま》蕩去《あらびに》けらし不合思《あはなくおもへ》ば　（11・二六五二、作者未詳）

「妹が髪」は野の名アゲタカハを導く枕詞です。髪上《かみあ》げは儀式の際には必ずしましたが、儀式がなくても髪上げをした可能性はあります。アゲタカハ野の所在は不明ですが、そこは牧場だったのです。牧は各地にあり、記録も残りますが、土地に適不適がありますから、アゲタカハと言えば馬とすぐに結び付いたのです。「放駒《はなれごま》」は柵《さく》から飛び出した馬で、なかなか戻って来ません。それを「蕩去」の語で示し、男の放蕩を暗示しています。「荒《あら》ぶ」とは荒れすさむことであり、馬を描きつつも、遊び回っている男を描いています。第五句は女の嘆き節です（合＝逢ふ）。指折り数えて、ここのところ逢っていないと、吐息をついています。

次の歌が右に続きますが、別人の歌です。

馬《うま》の音《おと》のとどとも為《すれ》ば松陰《まつかげ》に出《いで》てそ見《み》つる若君《けだしきみ》かと　（11・二六五三、作者未詳）

馬の足音は遠くから聞えてきます。物音が静かな昔のことであり、しかも夜です。トドは馬の足音です（擬音語）。人違いかも知れないので、太い松の樹の蔭から、そっとうかがったのです。第五句の「ひょっとしたら君ではないのかと」と言うことは君では無かったということです。男が何時来訪するのかわかりません。定期的には来ず、気まぐれなのです。松蔭での落胆の日々ということになり、嘆きは浅くありません（美夫君志会「萬葉百首」の一首）。

続いて並ぶもう一首を見ます。

君《きみ》に戀《こひ》寝《い》不《ね》宿《ぬ》朝明《あさけ》に誰乗《たがのれ》る馬《うま》の足音《あしおと》そ吾《われ》に聞為《きかする》

（11・二六五四、作者未詳）

男の訪問は途絶え、女は悶々として一夜を明かしました。そうした早朝のまだ暗い時刻に、誰かは分からない馬の足音が聞えたのです。朝方ですから、来る男の馬ではなくて、朝帰りしてゆく男の馬の足音になります。女にしてみれば、聞えよがしにとばかり耳元に響いて来ます。下句《しものく》の「誰《た》が…足音そ吾に聞かする」の表現は、もう八つ当たりに近い状況で、怒り狂っています。

以上の三首には、馬に寄せての女性の情念が大きく渦巻いています。巻第十一編者の配列に他なりませんが、みごとに並べました。

「寄物陳思《きぶつちんし》」(1)（物に寄せて思ひを陳《の》ぶる）と題された中の馬に寄せての三首ということになり

ますが、このように見ますと、配列そのものが巧みな文学となっていることが見てとれます。

（千華万葉二一〇、二〇一五年九月）

〈今後へのステップ〉

（1）『萬葉集』巻第十一や巻第十二の大きな部立として「正述心緒《せいじゅつしんしょ》」と「寄物陳思」がある。「正《ただ》に心緒《おもひ》を述《の》ぶる」と「物に寄せて思ひを陳ぶる」と訓むことになる。巻第十一や巻第十二は「萬葉集目録」に「古今相聞往来歌」（上・下）とあり、まず冒頭に「柿本朝臣人麻呂歌集」が置かれ、これが「古」と位置付けられ、続いて天平期の人々の歌々が配置され、これが「今」になる。

その「古」の部の「人麻呂歌集」に「正述心緒」「寄物陳思」が存在したと考えられ、これは柿本人麻呂の命名になると考えられる。

「正述心緒」「寄物陳思」とはいかにももっともな命名のように見られるが、漢語「寄物」の本来の意味は、巻第十六に「寄物〔俗云可多美《かたみ》〕」（16・三八〇九左注）とあるように、プレゼントを意味する語であり、「寄物陳思」の用語は倭製漢語になる。このことは「正述心緒」にも該当する（芳賀紀雄氏が「萬葉集の「寄物陳思歌」と「譬喩歌」」で指摘するところである。同氏『萬葉集における中國文學の受容』塙書房、所収）。

36　宴でのサプライズ

サプライズとは驚きをともなう嬉しい企画演出を言います。

例えば天平九年（七三七）二月に巨勢宿奈麻呂《こせのすくなまろ》の家で催された宴では、迎える部屋の壁に「蓬萊《ほうらい》の仙媛《やまひめ》の化《な》れる嚢蘰《ふくろかづら》は風流秀才の士《をのこ》が為《ため》なり。斯《こ》は凡客《ぼんかく》に不所望見《のぞみみえじ》。」と紙に書かれ、嚢蘰と共に次の歌がありました。

海原《うなはら》の遠渡《とほきわたり》を遊士《あそびを》の遊《あそび》を将見《みむ》となづさひそ来《こ》し　（6・一〇一六、巨勢宿奈麻呂）

歌意は「（私仙女は蓬萊山から）海原の遥か遠い渡しを越えて、ここに集っている風流《ふりゅう》なる人の風雅な行為(1)を一目見ようと難渋しながらやって来ました」というものであり、添えられているフクロカヅラは仙女が身を変えた姿であるという趣向です。詠作も宿奈麻呂自身の歌というよりも、仙女からの歓迎の歌としてあります。まことに粋なサプライズです。嚢蘰は、湯浅浩史氏にお尋ねしたところ、ガガイモというお考えを示してくださいました。(2)

宴でのサプライズとして、今一首、大伴家持の歌を提示します。

ホヨ（現代名、ヤドリギ）津市阿漕にて。2006.4.3.

あしひきのやまのこぬれのほよとりてかざし
つらくはちとせほくとぞ　（18・四一三六）
あしひきの山《やま》の木末《こぬれ》の保与《ほよ》取《とり》て挿頭《かざし》つら
くは千歳祝《ちとせほく》とぞ　（大伴家持）

天平勝宝二年（七五〇）正月二日の新年詠です。越中国庁で配下の郡司たちを集めての宴の一首だと書かれています。越中国（富山県）に家持が国司として赴任して四度目の新年詠であり、家持推定三三歳です。歌に出る「保与《ほよ》」とは寄生木《やどりぎ》を言います。ヤドリギは、冬に葉を落した樹の上にあって、鮮やかな緑色で生き生きとしているものですから、永遠の生命を象徴する存在として広く信仰される植物として知られます（フレイザー『金枝篇』[3]、『金枝篇』の主たる舞台は北イタリアや北欧など）。わが国の萬葉代にあっても、家持のこの「保与」の歌から、同様の生命信仰が存在したことがわかります。

旧暦では、新年を迎えると年齢が加算されます（数え歳と言います）。歳を加えるという新年を迎えて、家持は千歳を祝く（千歳をことほぎ祈る）という保与《ほよ》（ヤドリギ）を頭にかざしたのです。家持一人が髪飾りにしたというのではなくて、宴の参加者一人一人の席に保与が用意され置かれていたと見るべきでしょう。

想像をたくましくすれば、父旅人の天平二年（七三〇）の大宰府における梅花宴と同様に、参加の一人一人が、保与をテーマにして献詠したものでありましょう。しかし、国司クラスではなくて、郡司レベルとなりますと、歌の質も落ち、記録するに耐えないという歌詠内容であったのでしょう。

梅花宴から二〇年後の越中における新年のサプライズでした。

（千華万葉二〇〇、二〇一四年一一月）

〈今後へのステップ〉

（1）巨勢宿奈麻呂の「6・一〇一六」歌の「遊士の遊」の箇所を一般に「みやびをのみやび」とか「みやびをのあそび」と訓む。この箇所を「あそびをのあそび」と訓み、「風流（ふりゅう）なる人の風雅な行為」と訳した。この理解は池原陽斉氏の成果による。池原陽斉氏「『萬葉集』の「風流士」―訓点史の再考から―」（『文学・語学』第二〇二号、二〇一二年三月）、及び同氏「「みやび」と「風流」の間隙―『萬葉集』と『伊勢物語』をめぐって―」（『古代中世文学論考』第二七号、二〇一二年一二月）。両論は、同氏『萬葉集訓読の資料と方法』（笠間書院）に所収。なお、「風流」の語の読みは、呉音読みにより「ふりう」（古語表記）とするのが良いと私は考えている。

（2）『萬葉形成通論』（和泉書院）の五六〇頁に、湯浅浩史氏の詳しい教示を記した。またこのガガイモという考えは、渡瀬昌忠氏の『萬葉一枝』（はなわ新書、塙書房）にも記されていて、渡瀬昌忠氏からの教示も同頁に詳しく注記している。参照されたい。

（3）フレイザーの『金枝篇』は聖樹「金枝」（やどりぎ）に由来する。簡約一巻本の永橋卓介氏訳本五冊が岩波文庫で出ている（改訳改稿本、一九六六年八月）。ヤドリギは冬、ドイツなどの北欧各国でもよく目にできる（二〇一二年二月）。『萬葉集』には右に掲出した一例のみ。深根（深江）輔仁の『本草和名』には「桑上寄生」として「和名、久波乃岐乃保也」（第一二巻）とあり、語形は「ほや」。『和名抄』はこれを承け「夜止里木一云保夜」（巻二〇、31ウ）とする。「黄金の小枝」（『定本柳田國男集・二』三〇四頁）があり、また「祓へのしるし」（平成版『折口信夫全集・2』四〇四頁）として出る。

（4）大伴書持（「家持」とも）に「追和大宰之時梅花新歌六首」（17・三九〇一～三九〇六）がある。

37　桜と椿

ヤマザクラ（津市高野尾にて）2008.4.5.

三月三日は雛祭りです。上巳《じょうし》の節と言いますが元来は陰暦三月の最初の巳《み》の日のことを言いました。(1) 中国でその後、三月三日に節日が固定しても上巳という呼称は残りました。日本でも上巳節には桃や柳を材に漢詩を作りました。(2) 次は大伴池主《いけぬし》の漢詩の一節です。

…（上略）…上巳《じやうし》の風光は覧《み》て遊ぶに足《た》りぬ。柳陌《やなぎのみち》は江《かは》に臨《のぞ》みて袨服《よききぬ》に縟《は》えてあり、桃源《ももさくかは》は海に通ひて仙舟を泛《うか》べてあり。…（下略）…

（「七言晩春三日遊覧一首」17・三九七二後詩）

大伴家持は、巻十九の巻頭に、絶唱を掲げます。

春《はる》の苑《その》紅《くれなゐ》にほふ桃《もも》の花下照道《はなしたてるみち》に出立𡢳嬬《いでたつをとめ》

（19・四一三九、大伴家持）

春《はる》の日《ひ》に張《はれ》る柳《やなぎ》を取持《とりもち》て見《みれ》ば京《みやこ》の大路《おほち》し所念《おもほゆ》　（19・四一四二、大伴家持）

この二首は上巳節の景物として歌われていると、伊藤博氏は指摘します（『釋注』）。即ち、巻頭歌から四一五三番歌までの一五首は一連の歌だという指摘です。次の歌も上巳節の曲水(3)を連想しての歌になります。

朝床《あさとこ》に聞《きけ》ば遥《はろけ》し射水河《いみづかは》朝《あさ》こぎしつつ唱船人《うたふふなびと》　（19・四一五〇、大伴家持）

続く三首は、部下を国守館に集めての、国守家持の上巳宴歌ということになります。

ツバキ。椿は園芸種に富むが、『萬葉集』の頃の椿はヤブツバキ。2006.3.26.

今日《けふ》の為《ため》と思《おもひ》て標《しめ》しあしひきの峯《を》の上《へ》の櫻《さくら》かく開《さき》にけり　（19・四一五一、大伴家持）

奥山《おくやま》の八峯《やつを》の海石榴《つばき》(4)つばらかに今日《けふ》はくらさね大夫《ますらを》の徒《とも》　（19・四一五二、大伴家持）

漢人《からひと》も筏《いかだ》浮《うかべ》て遊《あそぶ》と云《いふ》今日《けふ》そわがせこ花縵《はなかづら》せな　（19・四一五三、大伴家持）

三首に三月三日という「今日」の語を配しての連作になっています。大伴家持においては、本来なら桃と柳と筏とを詠みたかったのに違いありませんが、越中では桃も柳も手に入りません。このことは、巻頭歌の「紅にほふ桃の花」は国守館の庭で咲いていたのではなくて、家持の脳裏に咲いた幻想の花であるという証左になります。

桃と柳の代用としての桜と椿は手に入ったのです。苦労して奥山（二上山か？）から採取して来させて宴席の間の大きな瓶に生けていたと思われます。各人の席にも一枝ずつ花縵用に配られていました。家持がこうしたことに心を砕いたことは、「36宴でのサプライズ」で、「保与《ほよ》」（宿り木）を取り上げて示しました。

当歌の桜は事前に取って来させて暖かい部屋で咲かせた可能性がありますし、「八峯の椿」とは歌の上での表現であり、実際は或る山の一つの木の枝なのでしょう。そのように準備させての椿であり桜の花を、臨席の各人の机上に置いて歌を詠作させ、頭髪に花の精を飾らせたのです。迷惑に思う参加者がいたに違いありませんが、家持にとっては最上のもてなしでありました。天平勝宝二年三月三日（陽暦、七五〇年四月一三日）[5]、越中国の国守館での上巳節の光景です。

（千華万葉二一七、二〇一六年四月）

〈今後へのステップ〉

（1） 中村裕一氏『中国古代の年中行事』第一冊、春（汲古書院、二〇〇九年一月）に「特に三月上巳に、水浜において身についた不祥を洗い流す習俗があった」（六三五頁）とし『後漢書』等の引例がある。

（2） 右の『中国古代の年中行事』には「楊柳は辟邪・祈子・降雨等に効能」（六四七頁）とあるが、桃の記述は見られず、桃・柳の漢詩も見られない。芳賀紀雄氏が「家持の桃李の歌」の中で、『藝文類聚』『初學記』に載る庾肩吾の「三日侍蘭亭曲水宴詩」の「桃花・柳葉」の例（所収書、七三三頁）を示す。それ以上に、大伴池主の「紅桃灼〻…緑柳依〻」（17・三九六七前書簡）、「上巳名辰、…桃花…柳色…」（17・三九七二後詩序）（同所収書、七二四頁）の影が大きい（芳賀紀雄氏『萬葉集における中國文學の受容』塙書房、二〇〇三年一〇月）。芳賀紀雄氏論考の初発は一九八二年一一月。

（3） 前記中村氏の本には「曲水の宴は三世紀には成立し、その由来は、すでに不明となっていたが、わけも判らず三月三日に挙行されていた…中略…発展して舟遊びが派生」（六五一～六五二頁）とある。

（4） 「海石榴」はツバキの漢名である。中国における「椿」字は別種の植物（センダン科のチャンチン）を指し、その意味で「椿」字は国字とされる（国訓は同字認識。国字は別字認識）。徳島市国府町の観音寺遺跡で発掘された七世紀末頃とされる音義木簡に「椿〔川婆木〕」とツバキの明確な訓のある事例の報告がある（『木簡研究』第二一号二〇五頁）。照葉樹の代表木としてあり、日本列島に古くか自生した。

（5） 太陽暦換算は、内田正男氏『日本暦日原典』（雄山閣、一九七五年七月）による。

38　パック状

標題をご覧になっても、何を言いたいのか、お分かりにはならないことでしょう。私は古代における編集のことを念頭に置いて発言しております。「編集」と言いますと、或る意図があり、その方針に合うように構成し組み立てて行く編纂《へんさん》をお考えになることでしょう。

古代における編集は大雑把なものでありました。元来がまずは転写するということをせずに、刀子《とうず》（小刀《こがたな》）で元の資料から「切り出し」、編集先に「切り継」いだのです（今に「切り出し小刀」の称が残ります）。紙の大きさが多少違うということがままありますが、意に介しませんでした（多少凸凹《でこぼこ》します）。この「切り継ぎ」によって、「パック状」に原資料が元の用字のままに取り込まれるのです。このことによって、柿本人麻呂歌集や田辺福麻呂《さきまろ》歌集などの独特の用字も、その用字のままに『萬葉集』に取り込まれています。

ここに、或る事例をお示ししましょう。

あしひきの山櫻花《やまさくらばな》日《ひ》並《ならべ》て如是《かく》開有《さきたら》ば甚戀《いとこひ》めやも　（8・一四二五[1]、山部赤人）

春《はる》の野《の》にすみれ採《つみ》にと来《こ》し吾《われ》そ野《の》をなつかしみ一夜《ひとよ》宿《ね》にける　（8・一四二四、山部赤人）

吾《わが》せ子《こ》に令見《みせむ》と念《おもひ》し梅《うめ》の花《はな》其《それ》とも不所見《みえず》雪《ゆき》の零有《ふれれ》ば　（8・一四二六、山部赤人）

従明日《あすより》は春菜《はるな》将採《つまむ》と標《しめ》し野《の》に昨日《きのふ》も今日《けふ》も雪《ゆき》はふりつつ　（8・一四二七、山部赤人）

——＊——＊——＊——＊——＊——＊——

百済野《くだらの》の芽《はぎ》の古枝《ふるえ》に待春《はるまつ》と居《をり》し鶯鳴《うぐひすなき》にけむかも　（8・一四三一、山部赤人）

右の五首は『萬葉集』巻第八の「春雑歌」の部に載る山部赤人の歌です。第二首の「すみれ」の歌は赤人の代表歌として良く知られている一首です。最初の四首を見ますと「山桜花」（第一首）、「すみれ」（第二首）、「梅と雪」（第三首）、「早春（若菜採み）の雪景色」（第四首）とあり、統一された時間順序ではなく、バラバラの春の景物が並んでいます。一度に詠まれた歌であるとは思われません。また、飛んで位置する一首（歌番号、留意）については、「百済野」と題して、かつて書いたことがあります（『萬葉の散歩みち・下』）。そこでは、荒涼とした早春の景を描く赤人について、「ただものではない」と山部赤人という歌人の卓越性を指摘しました。それはさて置き、桜の開花よりは早い早春の時期と見られます。

さて、五首が一括されずに、どうして四首と一首とに分かれているのでしょうか。題詞の書き方を示しますと、その書式は全く同一形式です。しかし「五首」と括られてはいません。

山部宿祢赤人歌四首（8・一四二四〜一四二七）

山部宿祢赤人歌一首（8・一四三一）

これこそ「パック状」(2)に起因しています。巻第三編者の手許にあった原資料において、四首はA資料にまとまって載っており、別のB資料に一首（8・一四三一）が載っていて、編者はこれをただ無造作に切り継ぐことで、済ませてしまったという経緯が明らかになります。

（千華万葉一七八、二〇一三年一月）

〈今後へのステップ〉

（1）一四二五番歌と一四二四番歌の配列順は廣瀬本や紀州本の順序による。『元暦校本萬葉集』等、次点本系統の有力写本に恵まれないが、廣瀬本と紀州本が一致しており、この順が原態と見られる。新点本系統の写本においては、歌番号順に配列されている。

（2）『萬葉集』に見られる原資料の「パック状」の保存ということについては、『萬葉形成通論』（和泉書院）の五〇八〜五一〇頁で示している。参照されたい。

39　民衆歌人、虫麻呂

かつて「民衆歌人、人麻呂」ということを書いたことがあります（『萬葉の散歩みち・続』）。今回は、その高橋虫麻呂版になります。虫麻呂は一般に伝説歌人と呼ばれています。『丹後国風土記』（逸文）に載る浦島太郎の原話に基づき、虫麻呂風に翻案し展開しているのも彼です（「島子の船」『萬葉のこみち』所収）。

現地伝説・伝承というものは、官人として各地に赴き、現地で取材して、歌材となります。「偉いさん」として胡座《あぐら》をかいていては、話は入手できません。現地の人々との親しい付き合いの中で、種々のテーマが転がりこんで来ます。そうした虫麻呂の作品の中に、ホトトギスの托卵が詠みこまれた長歌があります。

鶯《うぐひす》の　生卵《かひご》の中《なか》に　霍公鳥《ほととぎす》　獨所生《ひとりうまれ》て　己父《ながちち》に　似《に》ては不鳴《なかず》　己母《ながはは》に　似《に》ては不鳴《なかず》…（下略）…

（9・一七五五、高橋虫麻呂「詠霍公鳥一首」）反歌、略。

ウグイスの巣の中で、ホトトギスがただひとり生まれ出て来て、自分の父に似る鳴き方はせず、自分の母に似る鳴き方はせず、……。

とあり、ホトトギスのウグイスの巣への托卵《たくらん》(1)が、しっかりと描写されています。

この作品の前後には、常陸国筑波山（茨城県つくば市の山）の作が左の通り並んでおり、

検税使大伴卿登筑波山時歌一首　并短歌（9・一七五三～一七五四）長反歌

詠霍公鳥一首　并短歌（9・一七五五～一七五六）長反歌　当該歌

登筑波山歌一首　并短歌（9・一七五七～一七五八）長反歌

登筑波嶺為嬥歌會日作歌一首　并短歌（9・一七五九～一七六〇）長反歌

右件歌者高橋連蟲麻呂歌集中出

右のホトトギスの長歌も筑波山に因む作に違いないと判断出来ます。筑波山には、夏、今もホトトギスが渡って来ます。しかし、ホトトギスの托卵ということは、長期間の観察から理解できることであり、都人が山で見かけてすぐにわかるものではありません。都の生活においても把握は出来るものではありません。

これは現地住民による日々の生活の中での自然観察から理解され、知識となっていたものに違いありません。現地住民の案内により、筑波山に登った際に、ホトトギスの鳴き声を聞いたことを契機にして、同行の現地の人から伝え聞いたという経緯が考えられます。

そこには、いつも現地の人と密接なコンタクトをとり、人々の話に耳を傾けている虫麻呂の姿があります。地域の人々と都から赴任している官人との間には、単に住地が違うというだけではなく、文化・習慣の違いがあります。それ以上に、身分差と自尊心（プライド）という厄介なものが介在しております。普通では容易に現地に溶け込めないものです。

しかし虫麻呂は、自らそういう壁を取り払っていたのです。現地の人とフランクに会話をしていたのです。会話といっても言葉が共通しているわけではありません。アクセントも違えば訛《なま》りもあります。そうした言葉から来る壁をも越えて、会話を交わしていた様子がここには見て取れます。

（千華万葉二一九、二〇一六年六月）

〈今後へのステップ〉

（1）「托卵」は自身で卵を抱いて孵化させず、他の鳥に孵化させる習性をいう。カッコウ科の鳥が、オオヨシキリ、ホオジロ、モズ等の巣に托卵させることが知られており、当事例のホトトギスのウグイスの巣への托卵もよく知られた事例である。澤瀉久孝氏『萬葉集注釋』の一七五五番歌条には川村多實二氏の「ホトトギスの託卵性」という引用があり、詳しい。

40　塩気のみ香れる国

五月五日は端午の節、九月九日は重陽の節として知られますが、天武天皇は、朱鳥元年（六八六）九月九日に飛鳥浄御原宮でなくなりました（享年五六歳と見られています）。天武即位十四年、壬申の乱の年（六七二）からカウントする『日本書紀』の方式では天武十五年になります。亡くなる前年に重陽宴と見られる記事[1]がありますが、国忌の日になりましたので、以後、平安時代まで重陽節は見られません[2]。

心頼みにしていた草壁皇子尊も亡くなり、即位したのが持統天皇（天武の皇后）でした。即位三年目の持統六年（六九二）三月に伊勢へ行幸します。その時の人麻呂の留守歌が、

潮《しほ》さゐにいらごの嶋邊《しまべ》榜船《こぐふね》に妹乗《いものる》らむか荒嶋《あらきしま》廻《み》を　（1・四二、柿本人麻呂）

など、よく知られる三首の歌があります。約二週間（三月六日〜二〇日）の旅でした。その翌年の天武天皇八回忌の夜、持統の夢枕に浮かんで来た歌（「天皇　崩《かむあがり》し後の八年九月九日に御齋會を奉《たてまつり》之し夜の夢の裏《うち》に習《なら》ひ賜《たま》へる御歌」）が次の一首です（2・一六二[3]、持統天皇）。

明日香《あすか》の　清御《きよみ》原の宮《みや》に　天《あめ》の下《した》　所知食《しらしめし》し　八隅知《やすみし》し　吾大王《わがおほきみ》　高照《たかてら》す　日《ひ》の皇子《みこ》……A
何方《いかさま》に　所念《おもほ》し食《めせ》か…………B
神風《かむかぜ》の　伊勢《いせ》の國《くに》は　奥《おき》つ藻《も》も　靡《なみ》たる波《なみ》に　塩氣《しほけ》のみ　かをれる國《くに》に…………C
うまこり　あやに乏《とも》しき　高照《たかてら》す　日《ひ》の皇子《みこ》…………D

Aの行は亡き夫天武への呼び掛けです。「天《あめ》の下所知食《したしらしめし》し」は、天下を統治なさったの意。「八隅知し」「高照す」は、それぞれ大王（天皇）と日（太陽）の語を導く枕詞です。「日の皇子」は太陽と肩を並べるという意味での讃美表現です。続くBは「どうして亡《な》くなったの」という持統による戸惑いの表出です。Cは、転じて海国伊勢の思い出です。二十数年前の壬申の乱の時は、通過遠望に過ぎない伊勢湾の海景でした。一年半前は、鳥羽の地まで足を伸ばし、海に直接親しむことが出来ました。斎会の夜の夢に、そうしたことが渾然一体となって浮かんで来たのでした。「神風の」は伊勢に冠する枕詞です。「奥つ藻も靡たる波に」は彼方の沖に生えている海藻が風に波と共に靡く描写です。そうして「塩氣のみかをれる」という有様が彼女を包みこみます。Dは冒頭に戻り、再び夫天武への呼び掛けで結んでいます。「うまこり」は「乏し」（＝心引かれる）に冠する枕詞です。太陽のようなあなたにとても逢いたいという意味で結びます。

留意したいのは、一年半前の伊勢国の記憶が「塩氣のみかをれる国」というリアリティを以って蘇って来ていることです。海の無い大和国ですから、潮の香は強烈だったのでしょう。

（千華万葉一八六、二〇一三年九月）

〈今後へのステップ〉

（1）『日本書紀』天武天皇十四年九月の壬子の日（九日）の記事は、「天皇、舊宮の安殿の庭に宴したまふ。是の日に、皇太子以下、忍壁皇子に至るまでに、布を賜ふこと各差有り。」とあり、『類聚國史』歳時部五「九月九日」条（巻第七四）は当条を重陽節の冒頭に掲げる。以後上代の例は見られない。

（2）前記『類聚國史』「九月九日」条がついで掲げるのは、『日本後紀』の平城天皇大同二年（八〇七）条で、「幸神泉苑觀射」とあり、重陽節再興の宣命が伴う。『日本後紀』の巻第一五～一六は欠失しており、『類聚國史』の当条はその欠を補う貴重な逸文としてある。

（3）この長歌は反歌を伴わない「単独長歌」である。中西進氏は長歌に反歌が伴うようになるのは「中大兄三朝」（孝徳天皇代、斉明天皇代と近江朝代をいう）の間人連老・額田王・斉明天皇たちによる創始とするが（同氏『万葉集の比較文学的研究』南雲堂桜楓社、「万葉歌の誕生」）、それ以後においても、もちろん「単独長歌」は存在する。反歌の成立と発展・展開については、稲岡耕二氏「反歌史溯源―複数反歌への展開―」（同氏『万葉集の作品と方法』岩波書店、所収）に詳しい。

41　鼓と鐘と

鼓と鐘と示したのは、時刻の告知に関わってのものです。当時は漏刻《ろうこく》（水時計）などによって計時しました。明日香の水落《みずおち》遺跡（1）からは漏刻台と漏刻の痕跡とが出土しています。漏刻によって計った時刻は、鼓と鐘で人々に知らせました。次の歌はよく知られています。

皆人《みなひと》を宿《ね》よとの金《かね》は打《う》つなれど君《きみ》をし念《おもへ》ば寐《いね》かてぬかも　（4・六〇七、笠女郎）

ここには鐘（金）が出て来ますが、次のような歌もあります。

時守《ときもり》の打鳴《うちなす》鼓《つづみ》数見《よみみれ》ば辰《とき》には成《なり》ぬ不相《あはなく》も恠《あやし》　（11・二六四一、作者未詳）

「守辰（時の番人）が打ち鳴らす太鼓の音を数えてみると、いつも君のやって来る時間に既になっている。しかし、まだやって来ないのはどうしたことか、おかしい。」という意味です。この歌には鼓とあります。太鼓と大鐘と、これはいったいどういう関係なのでしょうか。

当時の法律書である養老律令「職員令」（9「陰陽寮」条）を見ますと、「守辰丁」の箇所に、

守辰丁、二十人〔掌《つかさど》らむこと。漏剋《ろうこく》の節《とき》を伺《うかか》ひ、時を以《も》ちて鐘鼓撃《う》たむこと。〕

と示され「鐘鼓」とあります。『延喜式《えんぎしき》』（巻第一六、陰陽寮19「諸時撃鼓」条）には、[2]

諸時に鼓を撃つこと。　子・午は各九下、丑・未は八下、寅・申は七下、卯・酉は六下、辰・戌は五下、巳・亥は四下。並《ならび》に平声とし、鐘は刻の数に依《よ》れ。

とあります。二四時間制で、零時・一二時は九つ、二時・一四時は八つ、四時・一六時は七つ、六時・一八時は六つ、八時・二〇時は五つ、十時・二二時は四つの数を打てというのです。なるほど、先程の歌に「時守《ときもり》の打鳴《うちなす》鼓《つづみ》数見《よみみれ》ば」（時の番人が打ち鳴らす太鼓の数をかぞえてみると）とあったわけです。書き出しに「諸時撃鼓」とあって、これは太鼓によって伝えられていたことがわかります。と共に、末尾に「鐘は刻の数に依《よ》れ」とあり、「鐘」が出て来ます。『延喜式』が

西安（かつての長安）の鼓楼

西安（かつての長安）の鐘楼

いう「一刻」は三〇分になります。[3] より細分された「刻」については鐘でもって知らせていたというのです。

　このように見ますと、萬葉歌に「鼓」も「鐘」も出て来るのがよく理解できます。二時間おきに太鼓が叩かれるのはよいとして、三〇分おきに鐘が鳴り響いて来るというのは、とても慌ただしいことではないかと気になってしまいます。

　なお前頁に掲げたのは、西安（かつての長安）の鼓楼と鐘楼の写真です。長安時代のものではなく、明代には実用されていたと言うもので、今は録音によって鐘楼からは朝に、鼓楼からは夕べの知らせがあるということです（写真は二〇一〇年七月八日の撮影）。

（千華万葉一七五、二〇一二年一〇月）

〈今後へのステップ〉

（1）奈良県高市郡明日香村大字飛鳥字水落の「水落遺跡」は一九七二～三年に発掘されていたが、一九八一年に再調査され、奈良国立文化財研究所は漏刻台の跡であると一二月に断定した（朝日新聞、一九八一年一二月一八日報道）。『季刊明日香風』第二号（飛鳥保存財団、一九八二年二月）に詳しい。

（2）『延喜式』は律令格式の「式」で、律令の施行細則を記した法典。延喜《えんぎ》五年（九〇五）に醍醐天皇より編纂が命ぜられたので名としてあるが、完成奏上は延長五年（九二七）。奏上後も修訂作業が継続された。訳注日本史料シリーズの虎尾俊哉氏編『延喜式』上中下（集英社）がある。飛鳥出土の木簡には「巳四午九」とあり、市大樹氏には「すでに飛鳥時代に『延喜式』と同じような方法で、時刻を報知していた」（中公新書『飛鳥の木簡』〈二〇一二年六月〉九二頁）とある。この木簡は水落遺跡隣の石神遺跡第一五次調査（『飛鳥・藤原宮発掘調査出土木簡概報』一七、二〇〇三年）によるもの。

（3）　橋本万平氏「「延喜式に見られる時刻制度」（同氏『日本の時刻制度・増補版』塙書房、一九七八年五月）の四一～五〇頁によると、「一日四十八刻」「一刻三十分」になる。訳注日本史料『延喜式』の「刻数」の頭注にも「一時は四刻。刻ごとに刻数分の鐘を打つて知らせた」（中・三七六頁）とある。その「一時」は今の二時間に当り、三〇分ごとに鐘が撞かれたことになる。

42　雲太和二京三

見出しはまるで判じ物のようです。これは一体何でしょうか。

『口遊《くちずさみ》』という本があります。源為憲《ためのり》（?～一〇一一）が著わした幼学書[1]です。百科項目に関する暗唱本（=口遊）で、「天禄元年（九七〇）冬十二月」と序にあり、平安時代の本です。例えば「東夷南蛮西戎北狄」（人倫門）、「桃三栗四柑六橘七柚八」（飲食門）、「大為尓伊天《たゐにいで》」（書籍門）、「九々」（雑事門）などと列挙され、当時の貴族における基礎教養がわかります。飲食門の例は今で言う桃栗三年柿八年であり、書籍門の例は「いろは歌」に類する古いタイプの手習歌《てならいうた》です。真福寺（名古屋の大須観音）に蔵されている天下の孤本です。

また「勢多　鈴鹿　不破等也　謂之三関」（坤儀門）とあり、当時既に「愛発関《あらちのせき》」は人々の記憶から抹却されていたことがわかります。「山太近二宇三」（坤儀門）は「謂之大橋」とあり、山埼橋・勢多橋・宇治橋という注記が付いています。見出しはこの類になります。「雲太和二京三」は「居処門」にあり「謂大屋誦」とあります。国内三大建築物の「口遊」であったわけです。続けて「今案雲太謂出雲國城築《きづき》明神殿〔在出雲郡〕和二謂大和國東大寺大佛殿〔在添上郡〕京三謂大極殿八省」という注記が付されています。出雲大社に奈良東大寺の大仏殿と平安京大極殿の八省院という説明です。八省院とは朝堂院のことです。この大極殿八省は治承元年（一一七七）に炎上消失してしまう以前の話になります。

以前に「柱は太く甍《いらか》は高く」（『萬葉のこみち』所収）を書きました。「柱は太いものを用い、屋根は高くするというのは、古代建築の理想であると共に、根幹をなす」と書きました。また「思想としては地下岩盤から高天が原へと突き立てる柱に意義を見出だし、そこに神霊が宿ると思惟しました(2)」とも書きました。

柿本人麻呂が持統天皇に従駕し吉野離宮(3)へ行き、離宮讃美の作品を歌い挙げました。

…高殿《たかどの》を　高知座《たかしりまし》て　上立《のぼりたち》　國見《くにみ》を為《せ》せば…　（1・三八、柿本人麻呂）

高くもない離宮建築であっても、讃美の長歌作品にあっては「高殿」と表現するのは右に示した思想にもとづいており、当然の表現としてあります。

田辺福麻呂《さきまろ》が新造成った久《くに》京を讃美した長歌においても同様の次第です。

…宮柱《みやばしら》　太敷奉《ふとしきまつり》　高知為《たかしらす》　布當《ふたぎ》の宮《みや》は…　（6・一〇五〇、田邊福麻呂）

大林組プロジェクトチームが図上復元した出雲大社の高さは四八メートルでしたが(4)、西澤英和氏

（京大工学部）は構造的に一〇〇メートルは建築可能としています。(5)

（千葉万葉一七五、二〇一二年一〇月）

〈今後へのステップ〉

（1）藤原為光の長男松雄七歳のための著で、「序」に「蓋是年少之所致也」（蓋《けだ》し是は年少の致す所なり）と記される。複製本が山田孝雄氏の解説を付け古典保存会から刊行（一九二四年）されている。真福寺本は弘長二年（一二六二）二月の写本で旧国宝、現重要文化財。山田孝雄氏「解説」は同氏『典籍説稿』（西東書房、一九五四年九月）に所収。

（2）祝詞「六月《みなづき》の月次《つきなみ》の祭」には「…皇神《すめかみ》能敷坐《しきます》、下津《しもつ》磐根《いはね》尓宮柱《みやばしら》太知立《ふとしりたて》、高天原《たかまのはら》尓千木《ちぎ》高知《たかしり》弖…」（『延喜式』巻第八、祝詞9）とあり、ここに当時の発想の根源が記されている。

（3）吉野離宮は宮滝の地で、発掘により、斉明朝の遺構、持統朝の遺構、聖武朝の遺構が別途に検出されている（遺構はそれぞれ一部重複する）。橿原考古学研究所第四四次発掘調査概報『吉野町宮滝遺跡』（一九九一年三月）。

（4）大林組プロジェクトチーム『古代出雲大社の復元』（学生社、一九八九年一一月）がある。

（5）西澤英和氏「どこまで高くできるか」（国立歴史民俗博物館編『高きを求めた昔の日本人』山川出版社、二〇〇一年二月）。

43　梨壷の古点

「27たまゆら」で「古点」「次点」の語を出しました。その「古点」に二種があります。「梨壷」とは第一義的には宮中の坪前栽《つぼせんざい》を言います。「坪」とは建物に囲まれた中庭であり、「前栽」はその植込みを言います。藤の木が植えられていたら藤坪（壷）、桐の木なら桐坪ということで、梅坪、梨坪などと呼びます。第二義として、そうした坪庭に面している宮中の部屋の呼称としてあります。淑景舎《しげいさ》の別称として桐壷があります。題目の「梨壷」は、宮中の昭陽舎《せうやうさ》の別称です。

天暦五年（九五一）一〇月に、村上天皇は、清原元輔《きよはらのもとすけ》・紀時文《きのときぶみ》・大中臣能宣《おほなかとみのよしのぶ》・源　順《みなもとのしたがふ》・坂上望城《さかのうへのもちき》の五人に命じて『萬葉集』に訓を付けさせました。その作業場が梨壷の間でした。この五人は『後撰和歌集』の選者であり、撰集に際してそれ以前の歌集に載った歌は除外しなければなりません。ところが当時『萬葉集』は漢字ばかりの本で、読むことの出来ない歌集でした。この『萬葉集』に初めて訓《よみ》を付けたのがこの五人です。即ち、『萬葉集』への付訓作業は『後撰和歌集』編纂作業の一環としてありました。これを萬葉研究の創始と見ており、この時に初めて『萬葉集』原文に付された訓を「古点」[1]と呼称しております。

時はくだって中世に仙覚（一二〇三〜一二七四頃）という学僧がいました。萬葉研究史の上で画期をなす大家です。その仙覚が訓の無かった一五二首に訓を施し、自ら「新点」と命名しています（「仙覚律師奏覧状」[2]）。その「新点歌」以外に、従来の訓を改めた仙覚の部分訓をも新点と呼称しております。

表題の「古点」の称も、梨壺の五人の訓について、仙覚が命名した呼称です。又、古点から新点までの間に多くの人が付した萬葉歌の訓を総称して、仙覚は「次点」と呼んでいます。『後撰和歌集』撰集において『萬葉集』の長歌は無関係であったために、梨壺五人は萬葉長歌に訓を付すことをしませんでした。よって、原則的には長歌に古点は存在しません。

ところが、『萬葉集』巻第二の長歌全十九首に訓があり（天治本・紀州本など）、仙覚はこれを「古点」と呼んでいます。[3]ここに、「古点」なるものが二種類存在することになります。もとより「古点」という学術用語を命名したのは仙覚その人ですから、命名の原点に立脚すると、巻第二の長歌訓は「古点」そのものということになります。しかし、訓点史という観点から考えますと、巻第二の長歌訓は「次点」に他なりません。

「古点」の語について、仙覚が認定する「仙覚古点」と、訓点史上に位置付けられる「天暦古点」（梨壺古点）の二種があるとして、両者を区別しなければなりません。[4]

（千華万葉二〇四、二〇一五年三月）

〈今後へのステップ〉

（1）「点」は「訓」を意味する語。古くは漢籍の文字（漢字）の傍らに「点」を付した。「乎《を》古《こ》止《と》点」と呼ばれる。そうした延長上に位置するところから、片仮名等の付訓まで「点」の称で呼ばれた。

（2）「仙覚律師奏覧状」は権律師仙覚が後嵯峨上皇へ奉った「奏状」の写しを言う。称名寺（金澤文庫）旧蔵文書で、複製が竹柏會より刊行されている（一九二九年五月）。佐佐木信綱氏編『仙覚全集』所収（『萬葉集叢書』第八輯、古今書院、一九二六年七月。口絵写真あり）。

（3）田中大士氏「廣瀬本万葉集とはいかなる本か」（『関西大学アジア文化研究センター　ディスカッションペーパー』第八号、二〇一四年三月）。

（4）当稿の執筆の起点に、田中大士氏の論と、同氏への質問及び御教示がある。ここに経緯を記し、田中大士氏に謝意を表したい。

おわりに

本書の内容は『萬葉のこみち』と同様に、「はじめに」に書きました通り、短歌誌『金雀枝《えにしだ》』に連載して戴いたものです。『金雀枝』の連載が無ければ当稿も存在しません。『萬葉のこみち』の後、新典社からの依頼により『萬葉の散歩みち』（新典社新書、上・下・続）を出して戴きました。その後も『金雀枝』の連載は第二二四回まで続きましたが、私の関心が風土記に向いていたことがあり、オリジナルな文章を紡ぎ出すことが困難になり、二〇一六年一一月で連載を終了させて戴きました。

その後は放置していたのですが、『金雀枝』が二〇二〇年の年末で終刊になると聞き、感慨の浅からぬものを覚えました。『金雀枝』は昭和二年（一九二七）創刊と言いますから、戦前戦中戦後を通し、九四年間継続したことになります。

その後、書き溜めていたストック稿は連載六二回分あります。この内、一九回分を捨て、四三回分を掲載しました。捨てた中には論考「「兎道の宮子の借五百」詠」からダイジェストした「額田王のウイット」（第二二一回）や、論考「防人の宴」からダイジェストした「たなびく雲を」（第二一四回）があります。また逆に、「鹿鳴の情」（第二一一回）を核に発展させた論考「坂上郎女の田廬景物詠」や、「憶良の私淑者」（第二二〇回）を核に発展させた論考「憶良の後ろ姿」があります（論考はいずれも『萬葉形成通論』和泉書院、所収）。

本書に収めるに際しては、その本文にも若干の手を入れておりますので、初発時のままではありません。写真は、一〇七頁の巫女埴輪以外は全て廣岡によるものです。

本書への収載に際しては『金雀枝』主幹大平修身様の御裁可をいただきました。また、元稿の一々は大平修身様、前々事務局長上原巳喜子様、前事務局長岩花キミ代様、現事務局長加藤よしみ様をはじめとした皆々様の御支援の賜物です。ことに岩花キミ代様は事務局長を譲られた後も、私の原稿だけは、長い時は二年分をストックしてくださり、月ごとに入稿してくださいました。ありがたいことでした。

塙書房社主白石タイ様は、文系刊行物をめぐる環境が大変な中、また悪疫流行により出版物の売れ行きが極端に低下する中において、刊行をお引き受けくださいました。格別ありがたいことと感謝しております。加えて、直々に編集にも携わってくださり、本書の書名『萬葉のえにし』も白石様によるものです。前冊『萬葉のこみち』も白石様御命名でした。ありがたく忝いことと感謝し、少なくない御縁を感じております。なお「えにし」には、初発短歌誌『金雀枝《えにしだ》』の誌名も勘案されてのことです。衷心より感謝し御礼を申し上げます。

二〇二〇年一〇月一八日　三校の日に

廣岡義隆

倭歌索引

【萬葉集】

＊本書で引用した萬葉歌を国歌大観番号によって挙げ、そのページ数を示した。

【萬葉以外の作品】

事項索引

＊本書に出て来る研究者名等や主要な語について挙げ、そのページ数を示した。

【さ行】

【た行】

【な行】

【は行】

廣岡義隆（ひろおか・よしたか）
1947年　福井県に生まれる
1973年　大阪大学大学院修士課程修了
現　在　三重大学名誉教授　博士（文学）大阪大学
著　書　『万葉の歌８滋賀』（保育社，1986年５月）
『風土記』〔逸文の部〕新編日本古典文学全集
（小学館，1997年10月）
『萬葉のこみち』はなわ新書（塙書房，2005年10月）
『上代言語動態論』（塙書房，2005年11月）
『萬葉の散歩みち』（上・下／続）新典社新書
（新典社，2008年７月／2013年８月）
『行幸宴歌論』（和泉書院，2010年３月）
『佛足石記佛足跡歌碑歌研究』（和泉書院，2015年１月）
『蓬左文庫本出雲國風土記　影印・翻刻』（塙書房，2018年３月）
『萬葉形成通論』（和泉書院，2020年２月）

はなわ新書　086

萬葉《まんよう》のえにし

2020年11月25日　初版１刷

著者
廣岡義隆

発行者
白石タイ

発行所
株式会社塙書房
〒113-0033　東京都文京区本郷６-26-12
電話番号　03-3812-5821　　FAX　03-3811-0617
振替口座　00100-6-8782

印刷所
富士リプロ

製本所
弘伸製本

装丁
中山銀士

ISBN978-4-8273-4086-0　C1291